사치코 서점

북스토리 재팬 클래식 플러스 **004**

사치코 서점

슈카와 미나토

박영난 옮김

북스토리

차례

수국이 필 무렵

지금으로부터 30여 년 전…….

서민들이 모여 사는 그 동네로 히사코와 내가 옮겨간 것은 한창이던 벚꽃이 질 무렵, 4월 중순쯤이었다.

도덴* 철로 변에 위치한 낡은 아파트 2층, 여섯 장짜리 다다미 방 하나와 어설픈 석 장짜리 다다미 방, 그리고 작은 부엌이 붙어 있던 집이었다. 애초부터 짐이 될 만한 물건도 거의 없어서 중고 가구점에서 산 작은 서랍장과 찬장, 그리고 내가 전에 살던 아파트에서 가져온 책상과 책장을 방 한구석에 놓으니, 이삿짐 정리가 대충 끝나갔다.

"슬슬 배가 고픈데. 뭐라도 먹으러 나갈까?"

● 도쿄 도에서 운영하는 전차.

책장의 책들을 정리하는 일에 지겨워진 내가 그 말을 꺼낸 것은 오후 1시가 지날 무렵이었을 것이다.

"그러게……."

은방울꽃 문양이 새겨진 유리창을 열심히 닦고 있던 히사코는 잠시 일손을 멈추고 미소를 띠었다.

"그래도 해 지기 전까지는 전부 정리해놓고 싶어. 왠지 금방, 비도 쏟아질 것 같고."

창밖으로 보이는 봄 하늘은 분명 잿빛으로 흐렸지만, 비가 내릴 정도는 아니라고 생각했다. 하지만 히사코는 기온이나 습도의 변화에 묘하게 민감한 부분이 있어, 그녀의 일기예보는 신기하게도 맞아떨어지는 편이었다.

"그럼 점심은 건너뛸까?"

사실, 그다지 공복을 느꼈던 것은 아니었다. 단순히 젊었기 때문이었는지 모르겠지만 나는 무언가에 흥미를 느끼면 잠시도 가만있지를 못하는 성질이어서, 막 이사 온 동네를 한시라도 빨리 둘러보고 싶어 견딜 수가 없었던 것이다.

"상점가에 일본과자 가게가 있었던 거 생각나? 맛있어 보이는 김말이과자를 팔고 있었거든. 고지 씨, 미안하지만 좀 사다 줄래?"

히사코는 지갑에서 천 엔을 꺼내들고 웃으며 말했다. 그 무렵의 천 엔짜리 지폐에는 아직 이토 히로부미의 초상화가 박혀 있었다.

"그러다 마음 내키면 동네나 한 바퀴 둘러보고 오든지."

다섯 살이나 연상인 그녀는 내 성격을 잘 꿰뚫어보고 있었다. 나는 나의 유치함이 창피했던 만큼 그녀의 마음 씀씀이를 모르는 척하고, 벌써부터 부려 먹는 거냐고 중얼거리며 방을 나왔다. 그런 주고받음조차 그 시절의 우리에게는 즐거움이었다.

밖으로 나오니, 2층의 좁은 복도에서 작은 절의 경내가 바로 보였다. 마당 한구석에 있는 석등 앞에서 고양이 몇 마리가 저마다 다른 자세로 자기 몸을 핥거나 크게 기지개를 켜고 있었다.

'아무래도 저 절은 고양이 집합소인가 보군.'

그렇게 생각하며 나는 철제 계단을 가볍게 뛰어 내려갔다.

그 무렵의 나는, 자신의 꿈을 거칠게 토해내는 자존심 강한 소설가를 지망하는 젊은이였다. 붓 한 자루로 입신양명해보겠다고 대학을 뛰쳐나와(사실은 두 번째 낙제가 직접적인 원인이었다), 언제 팔릴지도 모르는 원고를 묵묵히 써 내려가고 있었다. 무뢰한을 자처하고 싸구려 선술집에 들러붙어, 동인지 동료들을 상대로 밑도 끝도 없는 논쟁을 펼쳐가며 하루하루를 보내고 있었다. 그런 내 꿈에 편승해준 것이 그 술집에서 일하고 있던 히사코였다.

나는 바지 주머니에 손을 집어넣고, 앞으로 생활하게 될 동네를 거닐기 시작했다. 전시 때 공습도 피해갔다는 이 마을은, 여전히 당시의 신비한 분위기를 그대로 간직하고 있어서 그저 걷는 것만으로도 즐거웠다.

도덴 철로 변을 따라 한참을 걷던 나는 아케이드 상점가에 도착했다. 300미터 정도 되는 중앙통로를 따라 야채가게나 생선가게는 물론, 옷가게나 카페, 대중 레스토랑과 주점 등이 죽 늘어서 있어서 그 주변에서는 가장 번화한 장소였다.

며칠 전 아파트를 보러 왔을 때, 부동산 업자의 안내로 이 상점가를 지나갔던 것이 그 집을 계약하게 된 결정적인 이유가 되었다. 그전까지 내가 살던 아파트는 큰 화학공장 근처여서, 쇼핑을 할 만한 장소는 전혀 없다고 해도 좋을 만큼 불편한 곳이었다. 혼자 하는 살림이라면 그다지 나쁠 것도 없었지만(무엇보다 집값이 쌌기 때문에), 히사코와의 새로운 생활을 시작하기에는 바람직하지 않았다.

'여기에 오면 대부분의 것들은 해결할 수 있겠군.'

그런 생각을 하며, 나는 한가로이 걸었다.

일요일이라서 그런지 상점가는 시끌벅적했다. 레코드가게 앞을 지나갈 때 지지직대는 낡은 스피커에서 〈아카시아 비가 그칠 때〉라는 오래된 노래가 흘러나오고 있었다. 추억의 멜로디라는 설명과 함께 그 무렵에도 여전히 불리던 낡은 가요

였다. 분명 레코드가게 주인의 취향일 것이리라 생각했지만, 왠지 그 절절한 멜로디가 이 오래된 상점가와 어울린다는 느낌도 들었다.

한 바퀴를 돌아보던 나는 이윽고 상점가 중간쯤에 위치한 작은 헌책방으로 들어갔다. '사치코 서점'이라는 가게명이 인감도장에나 사용될 법한 필체로 미닫이문 유리 위에 쓰여 있었다.

부동산 업자에게 이끌려 왔을 때 나는 이미 이 서점을 눈여겨보아 두었다. 하지만 히사코 앞이라 그때는 잠시 멈춰 서지도 않고 지나갔다. 그 이후부터 계속 신경이 쓰여 견딜 수가 없었던 것이다.

그 서점은 20평 정도 되는 작은 가게였는데, 책들이 잘 정리돼 있고 가격도 적당해서 금방 마음에 들어버렸다. 책방 주인이 마른 체형에 눈빛이 날카로운, 어딘가 모르게 아쿠타가와 류노스케*를 닮은 노인이라는 것도 나를 기쁘게 했다. 그 대작가가 자살하는 일 없이 노후를 맞았더라면 저런 모습이 아니었을까 생각되는 풍모였다.

나는 거기서 다자이 오사무**의 서간집을 발견하고 주인의

* 1892~1927. 35세의 젊은 나이에 자살한 근대 일본문학의 선구자. 후에 그를 기려 '아쿠타가와상'이 제정됐다.
** 1909~1948. 좌익 성향의 작품을 주로 발표한 일본의 소설가. 『인간실격』 등의 작품이 있다.

눈길을 의식하며 열심히 읽어 내려갔다. 번잡스러운 상점가가 거짓말처럼 조용해져서, 책방 안은 벽시계 소리만 울리고 있었다.

이윽고 한 시간 이상이나 지났다는 것을 눈치챈 나는 서둘러 헌책방을 나왔다. 지금쯤 히사코는 무척 배가 고플 것이다. 나는 과자가게에 뛰어들어 김말이과자를 몇 개인가 사들고 급한 걸음으로 귀가를 서둘렀다.

'히사코의 일기예보가 들어맞았군.'

상점가 아케이드를 나오자, 더욱 어두워진 흐린 하늘에서 가는 빗줄기가 내리고 있었다. 허둥댈 정도는 아니었지만, 안경에 가는 빗방울이 흘러내리는 게 귀찮아 죽을 지경이었다. 나는 서둘러 발길을 재촉했다.

그런데 이런 동네의 골목길이란 정말 방심할 수 없는 법이다. 각각의 집들이 제멋대로 방향을 틀고 지어져 있는 탓인지 끝까지 한눈에 보이는 길이 적은 데다가, 여러 갈래로 골목이 나 있거나 크게 호를 그리며 구부러져 극단적인 완급緩急을 이루고 있었다.

어렴풋한 기억만을 의지한 채 밖으로 나왔던 나는 순식간에 미아가 돼버렸다. 아마도 돌아가는 길을 한두 군데 잘못 들어섰던 모양이었다.

'큰일 났군.'

행인들에게 길을 물어보려 해도 아직 아파트의 주소조차 제대로 모르고 있었다. 지금에 와서 생각해보면 바로 근처에 있던 절(가쿠지사라는 절 이름도 역시 기억하지 못했지만) 위치를 물어봤으면 좋았을 텐데, 그때는 왠지 머릿속에서 그 절의 존재가 완전히 빠져 있었다.

김말이과자 봉투를 든 채 나는 동네 골목길을 헤맬 수밖에 없었다. 동네를 가로지르는 도덴의 선로가 수많은 막다른 길과 우회로를 만들어내 한층 더 혼란스러웠다.

그 남자를 본 것은 15분 가까이 헤맸을 무렵이었다.

그곳은 작은 네거리의 수 미터 앞쪽에 위치한 장소로, 민가와 별반 차이가 없는 작은 우체국이 있는 골목길이었다. 거의 어른 키 높이만 한 판자 울타리가 우체국 건물을 둘러싸고 있었고, 거기 옆에 목제 전신주가 바싹 붙어 서 있었다. 그 전신주 뒤편에서 빡빡머리에 체격이 당당한 남자가 이쪽으로 등을 돌리고 서 있었던 것이다. 짙은 회색 바지에 반팔 셔츠를 입고 있어, 장마 전에 반팔이라니 성질도 급하다는 생각을 했었다.

판자 울타리에 몸을 기댄 남자는 마치 몸을 숨기고 있는 것처럼 보였다. 내가 가까이 다가가도 미동도 하지 않고 지그시 앞만 바라보고 있었다. 그 모습은 TV 드라마에서 자주 본 적이 있는 잠복 형사를 연상시켰다.

'무엇을 보고 있는 걸까?'

지나치면서 슬쩍 남자의 얼굴을 보니, 내 또래의 젊은이였다. 굵은 눈썹을 신경질적으로 찡그린 채, 부어 보이는 눈을 가늘게 뜨고 한 곳을 응시하고 있었다.

나도 남자의 시선 너머를 보았다.

거기에는 몇 채의 집들이 모여 있었는데, 남자의 눈길이 향해 있던 곳은 '희락정'이라는 간판이 걸려 있는 작은 라면가게였다.

그 가게는 어느 동네에나 반드시 몇 군데는 있음직한 대중식당으로, 특별히 색다른 분위기가 느껴지는 곳은 아니었다. 그날은 쉬는 날이었는지 긴 장대에 걸린 흰색 간판천이 접혀 있는 것이 커다란 불투명 유리창 너머로 보였다. 2층은 주거용으로 쓰는 모양이었는데 그곳 역시 양철판으로 된 덧문이 굳게 닫혀 있었다.

나는 남자를 앞질러 그 라면가게 앞을 지나갔다.

'뭐 하는 거지, 저 남자는…….'

의심스럽게 생각하며 몇 번이고 뒤돌아보았지만 남자는 나의 시선 같은 것은 전혀 개의치 않고 마치 의상실의 마네킹처럼 꼼짝없이 서 있었다.

왠지 섬뜩한 생각이 들었을 때, 근처 전신주에 세워진 입간판이 눈에 띄었다. 흰 간판에 먹물로 쓴 모조지를 압정으로 고정시킨 후 비닐로 씌워놓은 것이다.

거기에는 몇 주 전 그 라면가게에서 강도 살인이 있었다고 쓰여 있었다. 상세한 사정은 쓰여 있지 않았지만, 의심스러운 인물을 목격한 사람이나 마음에 짚이는 사람이 있으면 연락을 달라며, 경찰서 전화번호가 붉은 글씨로 크게 쓰여 있었다.

'저 남자…… 형사인가?'

간판에서 조금 멀어졌을 때 뒤돌아보니, 수초 전까지 그곳에 서 있던 남자의 모습은 어느새 보이지 않았다.

나는 무언가 이상하다는 것을 느끼고, 남자가 서 있던 장소까지 돌아가 보기도 했지만 역시 어디에도 안 보였다. 사실 이 동네의 구조상 가까운 모퉁이를 휙 하니 돌기만 해도 얼마든지 쉽게 모습을 감출 수 있었지만 말이다.

드디어 겨우겨우 아파트를 찾은 나는 근처에서 살인사건이 있었다는 것은 물론, 그 현장 앞에 서 있던 수상한 남자에 대해서도 히사코에게는 말하지 않기로 했다. 이사 온 첫날부터 동네의 인상을 흐릴 필요는 없었기 때문이다.

그 동네는 나와 히사코의 출발점이었다. 흐린 하늘을 바라보며 여기에서 두 사람의 새로운 인생이 시작되리라고 굳게 믿었다.

나도 히사코도 젊었었다.

                    *　*　*

　희락정에서 일어난 사건을 상세하게 가르쳐준 것은 아쿠타
가와를 닮은 헌책방 주인이었다. 며칠을 계속해서 책방에 들
렀더니 그쪽에서 먼저 말을 걸어온 것이다.
　"손님, 어제도 그제도 오셨는데 이 근처에서는 못 보던 얼
굴이네요."
　나를 수상쩍게 본 모양인지, 어딘지 모르게 힐문하는 듯한
어조였다. 근처에 큰 사건이 일어나면 헌책방 주인조차 탐정
이 되는 모양이다.
　'다 큰 어른이 평일 대낮부터 어슬렁거리니, 의심을 산다 해
도 할 말은 없겠군.'
　그렇게 생각한 나는 일부러 더 밝게 대답했다.
　"지난 일요일에 근처 아파트로 이사 왔습니다. 가끔 들를
테니까 잘 부탁합니다."
　불쾌감이 들 정도로 정중히 머리를 숙이자 주인은 아차 싶
은 표정을 짓더니 돌변하여, 미소를 지으면서 말했다.
　"아아, 정말 죄송합니다. 마침 근처에 시끄러운 사건이 있
어서……. 못 보던 사람이 눈에 띄면 경찰서에 알리라는 당부
를 받아서 그만."
　까다로워 보이는 외견의 인상과는 달리 그는 입을 열자, 상

점가 사람다운 상냥함이 넘쳐났다. 그런 말투에 내가 품었던 그의 이미지는 크게 바뀌고 말았다. 아쿠타가와 류노스케를 닮았다는 건 지나친 칭찬이었는지도 모르겠다.

"혹시 라면가게 사건 말씀이십니까? 저도 입간판에 적힌 내용을 보고 놀랐습니다만."

내가 아는 척을 하자 헌책방 주인은 어딘가 은밀한 투로 대답했다.

"죽은 사람은 가게 주인이었죠. 벌건 대낮에 손님을 가장하고 들어온 강도한테 목을 졸려서 살해당한 겁니다."

그는 책상 위에 놓인 세븐스타 담뱃갑에서 담배를 한 대 꺼내어 입에 물며 나에게도 권했다. 그 허물없는 친근함에 약간 당황스러웠지만, 순순히 한 개비를 받아 들고 같은 성냥으로 불을 붙였다. 아마 그것이 그 나름대로의 우호적인 표현임이 틀림없다고 생각했기 때문이다.

"정말로 너무 불쌍한 일이지요. 하필이면 그 집에 강도가 들다니."

아마 그 역시 그 사건에 대해 말하고 싶었는지 모른다. 일부러 물어본 것도 아닌데 주인이 먼저 사건의 전체 윤곽을 말해주었다.

그의 말에 의하면 희락정은 상당히 평판이 좋은 가게였던 모양이다. 어떤 사정 때문에 일체 배달은 하지 않았다는데 독특한 맛이 인기를 끌어, 일부러 도덴까지 타고 먹으러 오는 손님들도 있었다고 한다.

가게를 꾸려나간 것은 와카바야시 부부로, 원래는 부모의 가게였는데 부모가 뇌졸중으로 사망한 후 그들 부부가 대를 이었다고 한다(그 때문인지 헌책방 주인은 그를 젊은 주인이라 불렀다). 그 젊은 주인(그래도 이미 50을 넘긴 모양이었지만)은 장인정신이 강한 과묵한 성격으로, 가끔 장기를 두는 것 외에는 이렇다 할 취미도 없는 성실한 사람이라고 알려져 있었다.

헌책방 주인이 '하필이면'이란 말을 사용한 것은 그 와카바야시 부부에게 큰 고민거리가 있었기 때문이다.

그들 부부에게는 이미 스물하고도 몇 해를 넘긴 외동딸이 있었는데, 뇌에 커다란 장애를 갖고 있었다. 출산 때의 사고가 원인이었다는데 걷는 것은 물론 설 수도, 말할 수도 없고 지능 역시 두 살 정도에 불과했다. 스스로 할 수 있는 일은 하나도 없어 2층 방에서 하루 종일 누워 있기만 했다.

그 딸을 보살피기 위해 아내는 온종일 가게와 2층을 오가야만 했다. 그 사정을 잘 알고 있는 단골손님들은 아주 당연하다는 듯 필요한 것이 있으면 그때그때 자신들이 알아서 챙겼다. 사람을 쓰자는 말도 몇 번이나 나왔던 모양이지만 아무래도 경제적 사정이 허락지 않아 만성적으로 일손이 부족한 상황이었다. 배달을 하지 않았던 것도 그런 이유 때문이었다.

지금이야 장애인을 둔 가정의 부담을 경감해주는 제도가 여러 가지 있는 것 같은데, 당시만 해도 복지제도가 아직 미비한 상황이었기에 와카바야시 부부의 고통은 상상 이상이었으리라. 하지만 딸을 끔찍이 아끼던 그들은 늘 즐거운 마음으로 돌보았다고 하니, 분명 둘 다 정이 깊은 부부였을 것이다.

사건이 일어난 것은 3월 말이었다.

마침 그날, 딸아이가 감기에 걸려서 그다지 좋은 상태가 아니었다. 열은 별로 걱정할 정도가 아니었지만 스스로 가래를 뱉어내지 못했기 때문에 아내가 계속 곁을 지키며 처치를 해야만 했다. 그래서 그날은 거의 주인 혼자서 가게를 꾸려나갔다고 한다.

바쁜 점심시간을 일단락하고 난 뒤, 주인은 딱 한 번 2층으로 올라왔다. 늘 그런 식으로, 가게에 틈이 날 때마다 딸의 얼굴을 보러 올라가는 것이 그의 즐거움 중 하나였다.

아내의 말에 의하면, 그때도 주인은 딸에게 보리차를 먹이고 사랑스러운 듯 뺨을 어루만졌다고 한다. 그것이 부녀간의 마지막 순간인지도 모르고.

이윽고 아래층에 손님 들어오는 기척이 나서 주인은 아쉬움을 남기고 내려갔다. 그 뒤로 언제나처럼 무언가 볶는 소리가 들렸고, 아내는 스포이드 같은 콧물흡수기로 딸의 콧물을 빼내고 있었다.

갑자기 그릇 깨지는 소리가 들렸다. 분명 남편이 요리접시를 떨어뜨린 것이라고 생각한 아내는 딸에게, "아빠도 덜렁인가 보네"라고 말했다.

그러나 이후, 가게 테이블을 끄는 소리와 무언가에 부딪히는 것 같은 커다란 소리가 울렸다. 급기야 이상함을 느낀 그녀는 두려운 마음으로 계단을 내려가 가게 안을 둘러보았다. 마침 그때, 가게 이름이 쓰인 흰색 발을 젖히며 밖으로 뛰쳐나가는 젊은 남자의 뒷모습이 보였다.

그리고 가게 카운터 앞에 흩어진 고기야채볶음과 함께 쓰러져 있는 주인의 목에는 교수형을 집행할 때나 쓰일 법한 굵은 밧줄이 감겨 있었고, 주인은 빨갛게 충혈된 두 눈을 부릅뜨고 죽어 있었다. 돈을 넣어두던 서랍이 뒤집어져 그 안에 있던 8천 엔 정도의 돈이 사라지고 없었다.

"아마 범인은 처음부터 강도를 목적으로 들어온 것 같아요. 고기야채볶음을 주문하고 주인이 완성된 요리를 주방에서 가지고 나오려고 등을 돌리고 있을 때, 뒤에서 습격한 것이 틀림없어요"라고, 사건의 전말에 이어 헌책방 주인이 덧붙여 말했다.

과연, 분명 그랬음이 틀림없다. 비명 한마디 못 지른 것은 재빨리 목에다 밧줄을 감아서 기도가 막혔기 때문일 것이다. 등을 보이지 않은 상태였다면 그런 일은 무리였을 테니까.

"범인은 젊은 남자였습니까?"

"부인도 확실하게 본 것은 아니지만 아무래도 그런 모양입니다."

나는 순간, 그 골목길에 서 있던 남자가 떠올랐다. 사실 나는 그날 이후 몇 번이나 같은 곳에서 그를 목격했던 것이다.

호기심이 강한 나에게 있어, 아직 이 동네는 흥미의 대상이었다. 히사코가 일하러 나간 뒤 무슨 명목으로든 밖으로 나와 이 동네의 모든 것을 알아보자는 마음으로 여기저기를 돌아다녔다. 물론 희락정 앞길도 극히 당연히 지나다녔던 것이다.

내가 본 바로는 2층의 덧문은 언제나 닫혀 있어서 과연 사람이 있는지 없는지조차 알 수 없는 상태였다. 헌책방 주인 말에 의하면, 사건 후에도 남은 가족들은 거기서 계속 살고 있다고 하는데 어쩌면 덧문을 굳게 닫은 방 안에서 두 사람은 눈물로 세월을 보내고 있는지도 몰랐다.

나는 그곳에서 몇 번이나 그 남자와 마주쳤다. 이사 온 날까지 합쳐보면 대여섯 번 정도는 될 것이다. 언제나 똑같은 회색 바지에 반팔 셔츠 스타일로, 참극이 있었던 가게의 2층 창가 쪽으로 그의 날카로운 눈길이 향하고 있었다.

"역시 형사인 모양이군요."

나는 그런 남자를 보았다고 헌책방 주인에게 말해주었다.

"그런 남자가 있었어요?"

아쿠타가와 류노스케를 닮은 노인은 흥미진진한 얼굴로 물었다.

"그렇게 자주 같은 장소에 서 있으면 금방 소문이 날 텐데…… 보시다시피 작은 동네이다 보니……."

"아니, 정말 있었다니까요."

내 말을 의심하는 것 같아 다시 한 번 더 강조했다.

"아니요, 의심하는 게 아니고요. 기분 나쁘게 들으셨다면 죄송합니다."

주인은 웃으면서 대답했지만 처음 만났을 때와 같은 날카로운 눈길이 순간적으로 나를 향해 있었다는 것을, 나는 놓치지 않았다.

"그래도 설마 형사는 아닐 겁니다. 사건 현장에 잠복한들 무슨 득이 있겠어요. 하긴, 범인은 반드시 현장으로 돌아온다는 말도 있으니, 그걸 노린 것인지도 모르겠지만."

나 역시 그건 아닐 것이라고 생각했다. 언제 올지 모르는 범인 때문에 잠복할 만한 여유가 경찰들에게는 없을 테니까.

'설마 범인은 아니겠지?'

범인은 반드시 사건 현장으로 돌아온다는 말이 마음에 걸렸다.

얼마 되지도 않는 돈 때문에 선량한 라면가게 주인을 교살한 것은 젊은 남자였다고 했다. 그 흰색의 반팔 셔츠 차림의 남자도 충분히 젊었다.

하지만 깊이 생각해보면, 그것도 있을 수 없는 이야기이다. 범행 현장 바로 앞에서 얼쩡대고 있다니 너무나 대담하지 않은가.

"상당히 흥미로운 이야기네요."

정중한 주인의 말투와는 달리 마음 한구석에서 나를 의심하고 있을지도 모른다고 생각하니 긁어 부스럼을 만든 게 아닌가 싶기도 했다.

"경우에 따라서는 경찰에 신고하는 게 좋을지도 모르죠. 만약에 또 그 남자를 보면 저에게 알려주실 수 있겠습니까?"

그렇게 말하며 서랍에서 한 장의 명함을 꺼냈다. 거기에는 유명한 야구선수와 같은 이름이 인쇄되어 있었다. 놀라서 내가 얼굴을 들자, 책방 주인은 이제야 장사꾼다운 상냥한 얼굴로 돌아와 쑥스럽다는 듯 웃었다.

"동명이인이에요."

* * *

그 동네로 이사 온 나는 정말로 행복했다. 히사코는 나를 아낌없이 사랑해주었고, 쾌적한 마음으로 소설을 쓸 수 있도록 정성을 다했다. 그녀의 헌신이 나를 우쭐거리게 만들었다는 사실을 인정하지 않을 수 없다.

그 무렵, 나는 전혀 일을 하지 않았다. 아파트에서 마음 가는 대로 원고를 쓰다가 질리면 동네를 어슬렁대며 시간을 보냈다. 기분이 내키지 않을 때는 우에노나 센다기 부근까지 산책의 범위를 넓혀, 아무 도움도 되지 않는 사색에 잠겼다. 겉으로는 번지르르하게 작가를 자처하고 다녔지만 한 꺼풀 벗기고 나면 단순한 무능력자에 지나지 않았던 것이 당시의 내 모습이었는데, 지금에 와서 생각해보면 창피하기 그지없는 노릇이다.

가계는 모두 히사코의 책임으로, 그녀는 와세다 대학교 앞에 있는 카페에서 종업원 겸 주방 일을 하며 수입을 올리고 있었다. 아침 9시에서 저녁 5시까지가 기본이었지만 가게 사정에 따라 7시, 8시까지 일하는 날도 드물지 않았다.

그런 상태였음에도 불구하고 그 무렵의 나는 조금도 수치스럽게 생각하지 않았다. 지금은 신세를 지고 있지만 몇 년 후에는 반드시 몇 배로 갚아줄 수 있다고, 진심으로 믿고 있었기 때문이다.

언젠가 내 소설이 햇볕을 보게 되면 그때야말로 성대하게 결혼식을 올리고 어딘가로 신혼여행을 떠나자고 잠자리에서 말하곤 했었다.

"하지만 난 고지 씨보다 한참 연상인데……."

히사코는 말끝마다 자주 그런 말을 입에 담았다.

"그런 게 무슨 상관이야. 설사 몇 살이 위든 난 히사코를 사랑하니까. 게다가 연상의 아내는 금으로 짚신을 삼아서라도 찾으라는 말도 있잖아."

그럴 때마다 나는 늘 그렇게 대답했다.

그런 내 대답을 들은 히사코는 북쪽 지방 태생의 하얀 얼굴을 벚꽃 색으로 물들이며 기쁜 듯 웃었다. 아마도 나의 그 대답이 듣고 싶어서 같은 말을 되풀이했던 것인지도 모른다.

세월이 흐른 지금, 그 아파트의 작은 방은 정말 아름다운 추억으로 내 마음에 자리잡고 있다. 반듯한 커튼 하나 없는 방이었지만 우리에게는 무엇과도 바꿀 수 없는 성이었다.

창문을 열면 바로 도덴 철로가 내려다보이는 아파트 2층의 우리 방. 처음에는 오랜 여운이 남는 굉음에 귀를 틀어막았지만 익숙해지니까 신경이 덜 쓰이더니, 나중에는 오히려 깊은 상념에 젖을 때도 있었다.

"저 수국이 전부 피면 얼마나 아름다울까."

철로를 내려다보면서 우린 자주 그런 말을 주고받았다.

근처 주민이 심었는지, 도덴 측에서 심었는지 모르겠지만 아파트 바로 앞 선로 양옆으로 수 미터에 걸쳐 수국이 심어져 있었다. 어쩌면 수국 전차로 불리는 하코네 철도를 의식한 것인지도 모른다.

"무슨 색의 꽃이 필까?"

아직 꽃이 피지 않은 수국을 바라보면서 히사코는 꽃을 기다리는 것이 즐거워서 못 견디겠다는 표정을 짓고는 했다. 나는 원래 식물에 흥미가 없는 인간이었는데 그 천진난만한 미소에 감화되어 나도 모르는 새에 즐기게 되었다.

이렇게 다시 그 시절을 떠올려보지만 그 방 안에서는 아무런 고통도 없었다. 미래에 대한 꿈과 애정으로 넘쳐, 그곳에서 보낸 나날은 반짝반짝 빛나고 있었다. 그 아파트의 좁은 방은 실로 나와 히사코의 낙원이나 다름없었다.

이사 오고 난 뒤 한 달이 지났을 무렵이었던가.

저녁에 우리는 작은 밥상을 마주하고, 조촐한 식사를 즐기고 있었다. 방에는 TV가 없어서 작은 트랜지스터라디오만이 유일한 오락이었는데 너무나도 좋아하는 후세 아키라의 곡이 흘러나오고 있었기 때문에 히사코는 기분이 들떠 있었다.

갑자기 누군가가 얇은 우리 아파트의 문을 노크하는 소리가 들렸다. 순간적으로 히사코는 불안한 표정을 지으며, 현관에서는 보이지 않는 방 한구석으로 재빨리 몸을 숨겼다. 나역시 일단 밥상을 한쪽으로 치운 후 태연한 목소리로 물었다.

"누구십니까?"

"실례합니다. 근처 경찰서에서 나왔는데요."

히사코의 신발을 감추고 난 뒤 현관문을 열자, 제복을 입은 경찰 한 명과 형사 같은 모습의 양복을 입은 남자 두 명이 나란히 서 있었다. 영화나 드라마에서 본 것처럼 형사는 젊은이와 연장자 한 팀이었다.

나는 긴장한 나머지 귀까지 화끈거렸음에도 불구하고 어디까지나 태연한 태도를 유지하고자 애썼다.

"밤늦게 죄송합니다만, 이 근처에서 살인사건이 있었던 것은 알고 계시죠?"

나이 많은 형사가 마치 세상 돌아가는 얘기라도 하는 듯 말했다.

"네에, 입간판에 쓰여 있는 걸 보고 알고는 있습니다만 그게 왜⋯⋯?"

"얼마 전에 그 현장 근처에서 수상한 젊은 남자를 보셨다면서요?"

당장 머릿속에 아쿠타가와 류노스케를 닮았으면서, 야구선수와 동명이인이던 노인이 떠올랐다. 분명히 그가 친한 경관에게 내 이야기를 했을 것이다.

그러나 그것이 분명 호의적인 이야기는 아니었다는 걸 감지할 수 있었다. 그 이유는 젊은 형사의 의심에 찬 눈길이 나를 향하고 있었기 때문이다. 일도 하지 않고 대낮부터 어슬렁거리는 수상한 남자가 있다고 말했음이 틀림없었다.

'그 영감탱이!'

사람 좋은 얼굴을 하고서 나를 의심하고 있었다는 것을 생각하니 불쾌하기 짝이 없었다.

하지만 나 역시 실수했던 것도 사실이다. 희락정의 참극을 듣고 난 후 나는 사치코 서점에 얼굴을 내밀지 않았다. 왠지 서점 주인과 이야기를 나누는 것이 어색해져서 발길이 향하지 않았기 때문이다. 앞으로 잘 부탁한다고 말해놓고 다음 날부터 얼굴을 보이지 않으니 의심이 갈 수도 있었을 것이다.

그런 생각을 하는 한편으로 나는 경찰의 수사력에 혀를 내두르고 있었다. 근처로 이사 왔다는 한마디만 듣고 여기까지 찾아온 것 아닌가.

"설마 아무런 관계도 없겠지만."

그들이 묻는 대로 나는 몇 번 마주친 적이 있는 반팔 셔츠 차림 남자의 모습을 가르쳐주었다.

"죄송하지만 당신에 대해서도 몇 가지 묻겠습니다."

이야기가 대충 끝났을 무렵, 형사가 은근하게 물어왔다.

어지간하면 그들에게 내 이야기를 하고 싶지 않았지만 쓸데없는 의심을 받아도 곤란하다는 생각이 들어 될 수 있는 대로 정직하게 대답해주기로 했다.

"실례지만, 혼자 사십니까?"

나이 많은 형사의 질문에 나는 순간 말문이 막혔다. 히사코에 대해서는 숨기는 것이 좋을지 모른다는 생각도 들었지만 그다지 현명하지 않은 것 같았다.

"아니, 아내가 있습니다. 지금 잠시 외출 중입니다만."

애써 태연하게 대답하자 형사는 방 안쪽을 날카로운 눈길로 힐끔거렸다. 나는 그 시선을 신경 쓰지 않는 척하면서도 불안한 마음은 어쩔 수가 없었다.

이윽고 정중한 인사와 함께 두 명의 형사와 한 명의 경찰은 돌아갔다.

"무슨 일인데?"

방으로 돌아온 나에게 히사코는 여전히 불안한 표정을 지은 채 물었다.

되도록 그녀의 귀에 들어가지 않았으면 했던 그 라면가게 살인사건에 대한 이야기를 나는 어쩔 수 없이 들려주었다. 단, 가련한 딸아이 이야기만은 덮어두었다.

"전혀 몰랐어. 그런 일이 있었구나."

내 말을 들은 히사코는 역시 어두운 표정이 되었다. 자신의 주거지와 그리 멀지 않은 곳에서 그런 흉악한 살인사건이 일어났다는 것을 알았으니 무리도 아닐 것이다. 그래서 말하고 싶지 않았던 것인데.

"그럼, 고지 씨가 본 그 남자가 범인일까?"

"그건 잘 모르겠지만 뭐든 관계가 있는 건 틀림없어. 어쩌면 형사일지 모르겠다고 생각했었는데 오늘 보니까 그건 아닌 것 같고."

앞에서도 말했다시피 그 사람이 범인이라고 생각하는 것은 무리가 있었다. 아무리 범인이 현장으로 돌아온다고 해도 그렇게 자주 나타날 리는 없다. 게다가 모습이 알려지기를 바라듯이 매번 같은 장소에서 그렇게 가만히 서 있을 수는 없는 일이다.

"그럼 무슨 연유로 거기에 서 있었을까?"

히사코는 마치 자신의 몸을 껴안듯 팔짱을 끼고 두 팔을 비비면서 말했다.

"왠지 무섭다."

나는 등 뒤에서 그녀를 껴안아주었다.

그때 트랜지스터라디오에서 흘러나오던 〈시클라멘의 가호리〉의 애절한 멜로디를, 나는 지금도 잊을 수가 없다.

* * *

남자의 정체를 알게 된 것은 며칠 후, 일요일이었다.

그날, 오랜만에 둘이서 히비야까지 영화를 보러 나갔다. 나는 원래 북적거리는 장소를 좋아하는 남자였던 관계로 번화가의 화려함에 들떠 있었지만 히사코는 그렇지가 않았다. 사람의 물결이 불안했던지, 영화를 본 후 서둘러 집으로 돌아가고 싶어서 내 들뜬 기분에 찬물을 끼얹었다. 그 때문에 드물게도 작은 말다툼을 했지만 결국에는 남자인 내가 한발 물러나 서둘러서 인파 속을 빠져나온 후 귀갓길에 올랐다.

봄이 되어 해가 조금씩 길어지고 있었다고는 해도 버스를 타고 돌아올 무렵에는 이미 주변이 빨갛게 노을로 물들고 있었다.

"이왕 나온 거니 근처 산책이라도 좀 하고 갈까."

버스정류장에서 간선도로를 따라 걸어가는 길이 아파트로 가는 가장 빠른 지름길이었다. 하지만 그런 말을 하고는 일부러 희락정 앞을 지나가는 길을 택한 것은 내 하찮은 앙갚음이었다.

"저기 봐. 사건이 있었던 가게가 바로 저기야."

드디어 가게 앞을 지나칠 무렵 나는 짓궂게도 그렇게 말했다. 그 손가락 끝 쪽을 바라보던 히사코는 놀란 표정을 감추지 못했다.

"고지 씨, 왜 그래……. 내가 겁쟁이라는 걸 알면서."

가게 간판은 변함없이 안으로 들여진 채, 2층의 덧문도 굳게 닫혀 있었다. 사정을 모르는 사람들이 보면 아무것도 다를 것 없는 평범한 라면가게였겠지만 거기서 무참한 살인사건이 일어났다는 것을 알고 보니 역시 어딘가 음침한 분위기가 감도는 듯했다.

그 집 앞쪽으로 가까이 다가가자 히사코는 내 팔목을 꼭 붙들었다. 내가 상상했던 대로 일이 진행되는 것이 재미있어서 다소 사디스트적인 기쁨을 느끼고 있었다.

그러나 이번에 놀란 것은 바로 나였다. 평소 다니던 길 쪽으로 아무 생각 없이 눈길을 돌렸을 때, 그곳에 또 그 남자가 서 있는 것을 봤기 때문이다.

"히사코……, 그 남자가 저기 있어!"

남자의 모습은 여전했다. 회색 바지에 흰 반팔 셔츠를 입고, 마치 인형처럼 서서 그 가게 2층을 주시하고 있었다.

"어디?"

"저기, 판자 울타리 근처에 전당포 간판이 붙은 전봇대가 있잖아. 바로 그 뒤에."

나는 남자가 눈치채지 못하도록 작은 목소리로 히사코에게 말했다.

우리는 술집 근처에 있는 자동판매기 뒤쪽으로 몸을 숨기며, 이제 어떻게 해야 할까를 생각했다.

경찰에 알리는 것이 제일 좋겠지만 내가 나서서 그들과 관계를 맺는 것은 바람직하지 않다고 생각했고, 히사코도 분명 반대했을 것이다.

"맞아! 그때 분명히 명함을 받았지."

나는 헌책방 주인이 떠올라서 지갑 안에 넣어둔 명함을 꺼냈다. 이곳으로 그 노인을 부르면 나에 대한 의혹이 모두 풀릴 수 있으리라고 생각했던 것이다.

마침 술집 앞에 공중전화가 놓여 있었다. 나는 남자가 이쪽을 보지 않도록 몸을 숙이면서 수화기를 잡았다.

"고지 씨, 어디 전화하는데?"

어딘가 겁에 질린 목소리로 히사코가 물었다.

"괜찮아. 안면이 좀 있는 헌책방 주인한테 거는 거야. 그 남자를 보면 전화해달라는 부탁을 받았거든."

나는 10엔짜리 동전을 공중전화에 넣고 명함을 보면서 다이얼을 돌렸다.

"고지 씨, 장난이 너무 지나치다. 이런 행동은 당신답지 않잖아."

신경질적인 목소리로 말하면서 히사코는 전화를 끊어버렸다. 메마른 소리를 내며 10엔짜리 동전이 떨어졌다.

"무슨 짓이야. 히사코야말로 장난치지 마!"

"장난치는 게 아니야. 남자가 어디 있다는 거야! 아무도 없잖아!"

그 목소리는 진지함, 그 자체였다.

"아무도…… 없다니?"

나는 다시 한 번 남자 쪽을 보았다.

역시 그곳에는 흰색 반팔 셔츠 차림의 남자가 서 있었다. 마치 몸이 굳어버린 것처럼 미동도 하지 않고, 황혼의 빛 속에서 가만히 서 있었다. 도대체 왜 그녀가 흥분을 하는지, 전혀 이해할 수가 없는 일이었다.

몇 번인가 전화벨이 울린 후 낯익은 목소리가 나왔다. 나는 이전에 나눴던 대화의 내용을 몇 가지 거론하면서 주인이 나를 기억해내도록 유도했다.

"아, 그때. 어쩐 일이십니까? 요즘은 통 얼굴이 보이시질 않네요."

"일이 바빠서요. 그것보다 그 라면가게 사건 말인데요."

목소리를 낮춰 내가 말을 꺼내자 생각지도 않게 주인의 밝은 목소리가 들려왔다.

"소식 한번 빠르네요. 그 범인이 오늘 잡혔다는 말씀을 하시려는 거죠?"

그 말을 듣고 나는 말문이 막혔다.

"세상에, 평소에 도덴까지 타고 라면을 먹으러 오던 인근 마을의 젊은이였다고 하대요. 부인이 딸 간병에 매달려 있는 사정을 알고서 노렸다니, 찢어 죽여도 시원찮을 비겁한 놈 아닙니까?"

주인의 말을 다 듣지도 않고 나는 수화기를 놓았다. 석양 속에 서 있는 남자의 모습에서 어떤 이상한 사실이 느껴졌기 때문이다.

남자의 등 뒤로는 성인의 키 높이만 한 나무 울타리가 있었다. 그리고 거기에는 당연히 전봇대의 가늘고 긴 그림자가 드리워져 있었다.

그러나, 남자의 그림자는 보이지 않았다. 저 남자한테는 그림자가 없었다.

"히사코……, 정말 저기에 아무도 없어?"

내가 물어보자, 히사코는 넘치는 눈물을 급히 닦으며 대답했다.

"고지 씨, 이제 그만해. 왜 그러는 거야. 아까부터 저기에는 아무도 없었는데."

천천히, 얼음 솔로 문지르는 것 같은 감각이 내 목덜미를 타고 흘러내렸다.

"히사코, 여기 있어봐. 움직이면 안 돼!"

나는 히사코를 그 자리에 남겨둔 채 천천히 그 남자 곁으로 다가갔다.

하지만 남자는 이쪽으로는 눈길 한 번 주지 않고, 묵묵히 라면가게 창문만 바라보고 있었다. 그 무관심이 오히려 부자연스러웠다.

나는 남자 바로 앞에 섰다. 바로 가까이에서 봐도 남자는 극히 보통의 인간으로밖에 보이지 않았다. 그 얼굴도, 몸도,

확실한 실체감을 갖고 있었다. 손을 뻗으면 분명히 만져질 것 같았다.

"저어, 실례합니다만."

나는 주뼛주뼛 말을 걸었다.

그때 처음으로 내 존재를 알아챘다는 듯이 남자의 눈이 서서히 움직였다. 그리고 종이가 스치는 듯한 작은 목소리로…….

"내가…… 지켜주지 않으면……."

그 말과 동시에 남자의 몸은 급히 엷어지는가 싶더니 이윽고 석양의 붉은빛에 녹아들듯 휙 하니, 사라져버렸다.

* * *

그 다음 날, 나는 사치코 서점에 들렀다.

"많이 기다리셨습니다. 겨우 찾았네요."

아쿠타가와를 닮은 주인은 커다란 붉은 표지의 앨범을 한 권 품에 안고, 가게 안쪽에서 나왔다.

"가족이라면 모르겠지만 마을 주민들하고 사진을 찍을 일은 그리 많지 않으니까요. 게다가 오랜 옛날 것이라, 찾는 데 몇 배나 더 힘들었습니다."

그래도 부탁을 들어준 것은 터무니없는 의심의 눈길로 나를 바라보았을 뿐만 아니라 경찰에게 신고까지 한 것에 대한 사죄의 의미였는지도 모른다.

"그런데 왜 갑자기 옛날 사진을 보고 싶어하는데요? 하긴, 최근 사진은 더더욱 없습니다만. 아아, 여기요. 이 사람이 이번에 살해된 젊은 주인입니다."

헌책방 주인은 앨범 한 곳을 손가락으로 가리켰다.

동네 장기대회인가 뭔가 때 찍은 기념사진으로, 20명 가까운 사람들이 모인 단체사진이었다. 사람들의 얼굴은 콩만 한 크기로 찍혀 있었는데 나는 곧바로 그 남자의 얼굴을 알아볼 수가 있었다.

"아아, 역시!"

혹시나 했던 것을 직접 확인하고 나는 가벼운 현기증을 느꼈다.

20년쯤 전의 사진에는 그 젊은 남자와 같은 얼굴이 있었다. 입고 있는 옷만 달랐지 빡빡머리와 얼굴은 일치했다. 라면가게 창문을 진지한 표정으로 바라보고 있던 남자는 살해당한 가게 주인이었던 것이다.

"그렇다면 그건 유령이었단 말인가요."

헌책방 주인은 두려워하는 기색도 없이 어딘가 담담한 어조로 말했다.

"정체가 뭔지는 잘 모르겠지만 내가 본 사람이 이 남자라는 것만은 틀림없습니다."

"……그렇습니까."

그렇게 대답하면서 주인은 세븐스타 한 개비를 꺼내 입에 물며 나에게도 권했다. 같은 성냥으로 불을 붙인 후, 그는 말을 계속해서 이어나갔다.

"분명히 남겨진 부인과 딸 걱정에 견딜 수가 없었던 거겠지요. 그 사람다운 일입니다."

목숨을 잃은 인간이 현세로 돌아왔다는 이상한 이야기에도, 주인은 별반 두려움이 느껴지지 않는 모양이었다. 그 냉정한 태도가 묘하게 믿음직스럽게 보였다.

"어쩌면 범인이 또다시 찾아올 거라고 생각했는지도 모르지요. 그 무도한 폭력으로부터 가족을 보호하려고 가게를 지키고 서 있었던 건 아닐까요."

"그게 왜 저한테만 보였을까요?"

나는 지금까지 어떤 신비한 체험도 한 적이 없었고, 나에게 영감이 있다고 느낀 적도 없었다. 영혼의 존재는 어렴풋이 믿고 있었지만 특히 관심을 갖고 연구한 일도 없었다. 그런 나한테 왜 주인의 모습이 보였던 것일까?

"글쎄, 그건 저도 잘 모르겠습니다만 어쩌다가 파장이 맞았는지도 모르지요."

어디까지가 진심인지도 모를 말을 주인은 뻔한 세상 이야기를 하듯 시원스럽게 말했다.

"옷깃만 스쳐도 인연이니까요."

그 대범함이 극히 보통 사람답게 느껴져 나는 나도 모르게 웃어버렸다. 실제로 그 정도밖에 안 되는 시시한 이유인지도 모른다.

"그럼 한 가지만 더, 왜 그 주인은 젊었을 적 모습으로 나타난 것일까요? 유령이 죽었을 때의 모습으로 나타나는 것은 그럴 수도 있을 것 같은데, 일부러 젊었을 적 모습으로 나타난다는 건 좀 이상하지 않습니까?"

"그런 걸 나한테 물은들 알 길이 있겠습니까."

내 질문에 가게 주인은 입을 기묘한 형태로 구부렸다. 하긴, 살아 있는 인간한테 물은들 알 리가 있겠는가.

"하지만 이런 추측은 어떨까요."

담배 연기를 한숨처럼 내쉬며 가게 주인은 말을 이었다.

"이건 내 상상에 지나지 않습니다만, 죽은 자가 이 세상에 나타날 때는 그 생각의 종류에 따라 그 모습이 바뀌는 게 아닐까요."

"생각의 종류……라는 건 무슨 말씀이죠?"

"뭐, 적당한 표현이 아니긴 하죠. 하지만 생각해보십시오. 유령의 이미지란 원래 피투성이 모습만은 아니잖아요? 개중에는 부드러운 모습으로 나타나는 것도 있다고 하지 않습니까. 분명히 원한을 품은 유령은 한에 사무친 모습으로 나타나겠지요. 쓸쓸한 유령은 쓸쓸한 모습으로, 천진난만한 채로 죽은 아이들의 유령은 역시 천진난만하게."

그런 말을 하면서 가게 주인은 계산대 옆에 장식돼 있는 작은 액자를 집어 들었다. 그 안에는 사진이 아니라 무슨 이유인지 마른 벚나무 잎이 한 장 들어 있었다.

나는 어쩐지 가게 주인의 다음 말을 알 것 같은 느낌이 들었다.

분명히 그는 이렇게 말하고 싶었을 것이다. 누군가를 지키려는 의사를 가진 자는 분명히 가장 강한 모습으로 이 세상에 돌아온다. 그렇지 않으면 지킬 수가 없으니까. 그래서 희락정 주인은 젊은 모습으로 돌아온 것이다.

물론 그 추측이 옳은지 그른지는 살아 있는 사람으로서는 알 수 없는 일이다. 단지 그가 가슴속 깊이 처자식을 사랑하고 있었던 것만은 충분히 이해할 수 있었다.

그 사건이 있은 뒤로 히사코의 말수는 급격히 줄어들었다. 그것은 그녀가 유령을 무서워했기 때문은 아니다. 어디서 들었는지 희락정의 불쌍한 딸의 존재를 알았기 때문이다. 가능한 한 나는 그 딸의 존재를 히사코에게 알리고 싶지 않았다.

"고지 씨, 오늘도 그 아버지 유령은 거기 서 있을까?"

가끔씩 생각이 나는 듯 히사코는 물어왔다.

"글쎄. 범인이 잡혔으니까 이제는 없겠지."

나는 그때마다 일부러 아무 관심도 없다는 듯 태연하게 대답해주었다.

그날 이후 나는 그 가게 앞을 지나가지 않았다. 산책할 때도 일부러 다른 길을 택해, 되도록이면 가까이 가려고 하지 않았던 것이다.

"아니, 분명히 지금도 거기에 있을 거야."

히사코는 늘 그렇게 말하며, 작은 목소리로 꼭 한마디를 덧붙였다.

"부모란, 원래 그런 거야."

나 역시 그럴 것이라고 생각하고 있었다. 아무런 근거도 없는 추론에 불과하지만 헌책방 주인의 상상은 틀리지 않았을 것이다.

만약 그가 처자식을 지키려고 서 있었다면 그 모습이 그 장소를 떠나는 일은 없을 것이다. 언젠가 사랑하는 사람들이 자신의 곁으로 오는 그날까지, 그는 그 장소에서 떠나지 못할 것이다. 생명도 몸도 없는 그가 무엇을 해줄 수 있을지는 모르겠지만.

"너무 불쌍해."

히사코는 늘 이 이야기를 꺼낼 때마다 뭔가 결의에 찬 어조로 말했다.

그럴 때마다 나는 희미한 불안을 느꼈다. 일찍이 내가 히사코한테 걸어둔 마법이 점차 풀리고 있다는 느낌을 확실히 받았기 때문이다.

이윽고 도덴 철로 변의 수국이 아름다운 꽃봉오리를 터뜨렸을 무렵, 우리 사이의 마지막 날은 다가왔다.

내가 동인지 활동을 하고 있는 쓸데없는 모임에서 집으로 돌아와 보니, 방 한가운데 놓여 있던 밥상 위에 붉은 수국 꽃이 함께 놓여 있었다. 깨끗하게 씻은 인스턴트커피 병에 수국 한 송이가 꽂혀 있었던 것이다. 내가 없는 동안 히사코가 꺾어 온 것임이 틀림없었다.

그것은 마치 멋스러운 전기스탠드처럼 창밖에서 들어오는 석양을 받아 작은 꽃잎을 한 장 한 장 반짝이고 있었다.

그 수국 옆에 갱지로 된 편지가 놓여 있었다. 거기에 쓰여 있는 희미한 연필 글씨를 본 순간, 나는 읽어보지 않아도 무슨 내용인지 알 것 같았다.

'미안해요. 그 아이 곁으로 돌아갑니다.'

분명히 그런 말이 쓰여 있을 것이다.

나는 창가에 앉아 담배를 피우면서 철로 변에 핀 수국을 바라보았다. 언젠가는 이런 날이 올지도 모른다고, 훨씬 전부터 느끼고 있었다.

히사코에게는 남편과 아이가 있었다.

아이는 아직 어렸지만 와카바야시 부부의 딸과 비슷한 장애를 갖고 있었다. 그리고 역시 그 부부처럼 히사코와 남편은 그 아이의 간호로 힘든 나날을 보내고 있었던 것이다.

둘이서 도망가자고 꾀어낸 것은 나였다.

"아이 때문에 인생의 즐거움을 버리다니 바보 같은 짓이야. 모든 걸 없던 일로 하고 새로운 인생을 시작하자."

그런 말로 히사코를 유혹한 나는 실로 에덴동산의 뱀이었을 것이다. 그녀는 그 사악한 마법에 걸려 다른 인생을 꿈꾸었음이 틀림없다.

하지만 히사코는 두려워하고 있었다. 그녀는 남편이 틀림없이 경찰서에 수색원을 제출했을 것이라 믿었고, 인력을 동원하면서까지 가출한 사람을 찾을 여유가 경찰에게는 없다고 아무리 말해도 그녀는 경찰만 보면 두려움에 떨었다. 더 나아가 사람들 속에 숨어 있을지도 모를 추적자에게 공포를 느끼고 있었다.

하지만 정말로 두려운 일은 그런 것이 아니었다.

정말로 두려운 일은 어느 날 갑자기 열기가 식어, 자신으로 돌아가는 순간인 것이다. 그리고 자신이 어머니라는 사실을 히사코가 떠올리는 순간 위조된 꿈은 실로 간단하게 깨져버린다.

그래서 우리는 깊이, 격렬하게 사랑했다. 서로를 생각하는 것밖에 모르는 어리석은 생물체처럼 혼신을 다해 사랑했다.

지금 그 마법은 풀렸다.

밥상 위에 놓인 수국을 보면서, 나는 남편이 히사코를 받아들여 주면 좋겠다고 생각했다.

만약에 그녀의 남편이 용서하지 않는다고 해도, 히사코가 내 곁으로 돌아올 일은 없을 것이다. 그녀는 앞으로의 인생을 아이를 위하는 일에만 쓸 것임이 틀림없다.

나는 히사코의 남편을 몰랐지만 제발 착한 남자였으면 좋겠다고, 기도하는 마음으로 생각했다.

이윽고 나는 창가에서 일어나 달려가는 전차의 뒷모습을 향해 수국을 힘껏 던졌다.

공중에서 빙빙 돌다 떨어진 수국은 석양의 빛을 받아 반짝반짝 빛나고 있었다.

여름날의 낙서

그 여름을 잊을 수가 없다.

도쿄 올림픽을 눈앞에 두고 일본 전체가 어딘가 들떠 있던 1964년 여름, 그때 나는 초등학교 3학년짜리 허약한 소년이었고, 형 히데노리는 5학년, 골목대장이었다.

모든 것은 동네 친구들과 늘 놀던 작은 공원에서 시작됐다. 1학기 성적표를 받아들고 우선은 어깨의 짐을 내려놓은 듯한 해방감을 느꼈던 종업식 오후의 일이었다.

공원은 가쿠지사라는 작은 절 뒤편에 있었는데, 그날도 우리는 모래밭 옆에 있는 맨홀 뚜껑 위에서 딱지치기에 열을 올리고 있었다. 제일 힘이 약하고 요령이 없었던 나는 지면 뺏기는 진짜 승부에는 끼지도 못하고, 형이 잇따라 승리하는 모습을 지켜만 보고 있었다.

"야, 게이스케, 가울못바다가 뭐야?"

형과 함께 딱지치기를 하던, 다다미가게 아들 닷짱이 물어왔다. 이젠 정확한 이름은 기억나지 않지만 늘 놀란 얼굴을 하고 있던 한 살 위의 소년이었다.

"그게 뭔데?"

내 대답은 건성이었다. 땅바닥에는 내가 제일 좋아하는 〈닌자부대 월광〉의 그림이 그려진 딱지가 있어서, 그것을 형이 따주면 좋겠다는 마음뿐이었기 때문이다.

"괴물 이름이야?"

"아니야, 상점가의……."

닷짱이 대답을 하려던 순간, 형은 있는 힘껏 딱지를 내려쳤다. 딱총이 작렬하는 것 같은 소리가 나면서 주변에 있던 딱지가 모두 뒤집어졌다.

"우와, 한 번에 세 장이나!"

그 자리에 있던 남자아이들이 일제히 머리를 감쌌다.

"히데짱은, 인간이 아니야!"

"아아, 내 에이트맨이……."

나는 뒤집어진 딱지를 재빨리 거두어들여서, 승리의 기쁨에 콧김을 내뿜고 있는 형한테 건네주었다. 형은 그중에서 〈에이트맨〉과 〈닌자부대 월광〉 그림이 그려져 있는 딱지를 꺼내들고 내 앞에 내밀었다.

"둘 중에 갖고 싶은 거 하나 골라."

형은 늘 그런 식으로, 승부에서 이긴 딱지를 나에게 나누어 주었다. 나는 상당히 고민하다가 결국 월광을 택했다.

"제기랄, 어째서 가짜한테 져야 하는데!"

에이트맨 딱지를 빼앗긴 히로시가 입을 삐쭉였다.

"야야, 그런 소리 하지 마. 이건 에이트맨이 아니라, 틀림없는 한방맨이라니까."

형은 자주 사용하던 승부수 딱지를 여름 하늘로 높이 추켜올리며 큰 소리로 웃었다.

그 딱지의 그림은 당시 TV와 만화에서 대인기였던 에이트맨과 닮았지만 다른 것이었다. 이를테면 판권 침해를 한 가짜로, 구와타 지로*가 그린 날카롭고 아름다운 눈이 아니라 못생긴 물고기 같은 눈을 하고 있었다. 몸 디자인이나 색도 미묘하게 달랐는데 결정적인 것은 가슴의 숫자로, 원래는 8이어야 했는데 그건 왠지 18이었던 것이다.

그 딱지를 승부에서 땄을 때 형은 에이트맨이 너무 못생겨서 버릴 생각이었다. 하지만 "18이니까 8보다는 강하겠지"라고 말한 아버지의 말이 마음에 들어 오히려 더 소중히 생각하게 되었다. 그리고 실제로 그 가짜 에이트맨, 아니 한방맨 딱

* 1935년 오사카 출생. 데즈카 오사무와 쌍벽을 이룬 인기 만화가.

지는 이상하게도 연전연승, 지는 것을 몰랐다.

"그럼 철인은 어때? 28이니까 이쪽이 더 강할걸!"

"바보, 2하고 8을 더하면 10이니까 안 돼!"

다음에 히로시가 내민 〈철인 28호〉 딱지를 보고, 형은 코웃음을 쳤다.

"그런데 닷짱, 아까 게이스케한테 뭔가 물었지?"

"으응, 맞아! 게이스케, 가울못바다가 뭐야?"

나는 고개를 갸웃거렸다. 전혀 들어본 적 없는 말이라 우리나라 말인가 싶었다.

"오늘 학교에서 돌아오는 길에 사와야 앞에 있는 전봇대에서 봤지, 응?"

닷짱은 같이 딱지치기를 하던 노부짱에게 동의를 구했다. 사와야는 아카시아 상점가에 있는 제법 큰 주류상점이었다.

"뭔진 잘 모르겠지만 전봇대에 종이가 붙어 있었어. 전부 가타가나로 '아사이 게이스케 가울못바다'라고 말이야."

여자아이처럼 귀여운 얼굴을 한 노부짱이 묘하게 앳된 목소리로 대답했다. 아사이 게이스케는 틀림없는 내 이름이었고 내가 아는 한 이 근처에 같은 이름은 없었다.

"뭔가 마음에 안 드는데. 또 제8초등학교 놈들이 장난질 치는 거 아니야?"

가는 눈을 더 가늘게 뜨면서, 형은 내뱉듯 중얼거렸다.

그 무렵에는, 지금은 생각할 수 없을 정도로 많은 아이들이 세상에 넘쳐나고 있었다. 여기저기에 학교가 있었고, 우리들이 다니던 구립 제3초등학교에서 그리 멀지 않은 거리에, 구립 제8초등학교가 있었다. 그다지 넓지도 않은 국도를 경계로 학군이 나뉘어, 한 지역 안에 두 학교가 있으면 자연히 반목하게 마련이다. 각 학교의 학생들이 공원 같은 곳에서 만나면 자주 시시껄렁한 트러블이 일어났던 것이다.

"잠깐 보러 가자!"

형 말에 따라 우리는 딱지를 거둬들이고 상점가로 향했다.

아카시아 상점가는 아케이드가 붙어 있는 300미터 정도의 긴 거리 양옆으로 여러 종류의 가게들이 즐비하게 늘어선 마을의 중심지였다.

야채가게, 정육점 등의 식료품점은 물론 카페, 헌책방 등도 있어서 대개의 일들은 그곳에 가면 해결이 되었다. 늘 북적거리지만 특히 저녁 무렵에는 곧장 걸어가는 것이 어려울 정도로 사람들로 넘쳐났다. 비 오는 날에는 아이들의 놀이터가 되어, 우리들도 그곳에서 뛰어놀다가 무서운 얼굴을 한 정육점 아저씨한테 자주 야단맞았던 것이다.

사와야는 상점가의 중간쯤 되는 곳에 있는, 좁은 골목과 상점가의 거리가 교차하는 곳에 위치했다. 어른들 사이에서는 구니코짱이라는 간판 아가씨(여자 유도선수처럼 당당한 체형의 여성이었지만)가 평판이 좋았는데, 우리 아이들한테도 가게 앞에 세워둔 북 스탠드에서 만화나 잡지를 마음대로 읽어도 혼나지 않는 가게로 친숙한 곳이었다. 나도 매주 그곳에서『소년 킹』등을 읽었던 것이다.

"저거야, 저거!"

사와야 앞까지 오자 닷짱은 가게 입구에서 조금 떨어진 곳에 서 있는 목제 전봇대를 가리켰다.

거기에는 그의 말대로, 학교에서 쓰는 노트를 한 장 찢어서 반으로 접은 크기의 종이가 풀인가 뭔가로 붙여져 있었다. 비가 온 것도 아닌데 물을 먹은 것처럼 종이 전체가 찌그러져 있었다.

'뉴리가게의 아사이 게이스케, 가울못바다'

그 종이에는 모두 가타가나로 그렇게 적혀 있었다. 게다가 붓을 사용한 글씨여서 정중한 느낌이었다.

"더럽게 못 썼네!"

그 종이를 보자마자 형은 그렇게 말했다.

사실 지금 생각해봐도 졸렬한 글씨체였다. 마치 붓을 입에 물고 쓴 것이 아닐까 하는 생각이 들 정도로 악필이었다.

"뉴리가게란다. 돌대가리네!"

내 아버지는 유리가게를 경영하고 있었다.

"분명 제8초등 녀석들 짓이야. 그 자식들 다 돌대가리니까!"

"그래도 일부러 붓하고 먹으로 썼겠어? 게다가 전부 가타가나로. 왠지 나는 나이 많은 사람이 쓴 것 같다는 생각이 드는데."

형과 동급생인 히로시의 말은 우리가 미처 생각지 못했던 핵심을 찌르고 있었다. 시골에 사는 할머니가 보내오는 편지에도 가타가나 문자가 많았다는 것이 그의 말을 듣는 순간 떠올랐던 것이다.

"어른이 일부러 이런 장난은 하지 않아."

4학년 콤비인 닷짱과 노부짱이 입을 맞춰 반론했다. 그쪽 말에도 일리가 있는 것 같았다.

"쓴 사람이 누구든 붙인 사람은 분명 어린애야."

의견이 분분한 아이들 사이에 끼어들 듯 형이 말했다.

"잘 봐. 붙어 있는 곳이 거의 우리들 키 높이잖아? 너희들도 잘 알겠지만 벽 같은 데 낙서할 때도 대개 우리들의 눈높이나 그보다 조금 높은 곳에 하잖아. 아무 이유 없이 밑에다 하지는 않거든."

"앗! 정말 그렇다."

"이 종이를 붙인 녀석도 마찬가지야. 아무 데나 붙여도 되는 거라면 자신의 눈높이든가 조금 높은 곳에다 붙였을 텐데 이 높이를 보면 우리만 하든가 조금 작은 녀석일 수도 있어."

확실히 그 종이가 붙여진 장소는 내 눈높이보다 약간 높은 정도의 위치였다. 만약 어른이 붙였다고 한다면 그 사람은 상당히 키가 작은 사람일 것이다.

"만약 허리가 굽은 노인이라면, 이번에는 반대로 더 낮아질 거야. 거짓말 같으면 한번 해봐."

닷짱이 재빨리 허리를 90도 가까이 구부리고 전봇대에 종이를 붙이는 시늉을 하였다. 과연, 어깨 위치가 내려가기 때문에 그 종이와 같은 높이로 붙이려면 상당히 힘든 자세로 팔을 들어 올려야만 했다.

"굉장하다, 히데짱. 명탐정 아케치* 같아."

형을 바라보는 모두의 눈길에 존경의 빛이 어리는 것을 보고 나는 자랑스러운 기분이 들었다. 이런 식으로 형은 늘 다른 아이들보다 한두 걸음 앞서나갔다.

"그럼 역시, 제8초등 녀석들인가."

"지금은 뭐라고 말할 수 없어. 저 글의 의미도 모르겠고. 어쨌든 증거물로 확보해두자."

그렇게 말하면서 형은 전봇대에서 그 종이를 천천히 떼어냈다.

하지만 분명히 그날 형은 거짓말을 한 거라고 생각한다. 쓰여 있는 말의 정확한 의미를 총명한 형은 바로 눈치챘을 것이다.

● 일본의 유명 추리소설가 에도가와 란포의 작품에 등장하는 주인공.

'뉴리가게의 아사이 게이스케 가울못바다'―유리가게의 아사이 게이스케, 가을 못 보다.

* * *

어린 시절은 시간의 흐름이 더뎠다.

어떤 책에서 읽은 것인데 열 살 소년의 하루는 열여섯 살 인간의 여섯 배의 감각이라고 한다. 근거는 잘 모르겠지만 정말 그럴 것이라고 생각한다.

그 무렵의 시간의 농밀함은 지금과는 비교도 할 수 없었다. 매일 여러 가지 사건들이 무리를 지어 들이닥쳤기 때문이다.

그러므로 그 기묘한 종이 사건을 나는 금방 잊어버렸다. 새로운 자극이 넘치고, 어지러울 정도로 풍경이 바뀌는 나날 속에서 그것은 잊어도 좋은 일이었다. 형과 나를 알고 있던 제8초등 녀석들이 장난질을 쳤다고 결론을 지었으니 더더욱 그랬다.

그러므로 그로부터 며칠 후 생각지도 못한 곳에서 두 번째 종이가 붙어 있는 것을 보았을 때는 적지 않게 놀랐다. 상점가에 있는 작은 헌책방 앞에 붙어 있었던 것이다.

형은 말하자면 골목대장이었지만 책 읽는 것을 정말 좋아했다. 생긴 모습과는 어울리지 않는다는 느낌이 들지만 소년

탐정단 시리즈나 어린이용 세계명작 전집 등을 학교 도서관에서 빌려와 신 나게 읽어대곤 했다.

재미있는 이야기를 읽으면 '형님 극장'을 열어, 책의 줄거리를 나나 여동생에게 말해주었다. 잠이 오지 않는 밤이나, 열이 나서 누워 있을 때(내게는 드문 일이 아니었다)에는 몇 번이고 형님 극장의 신세를 졌던 것이다. 특히 오스카 와일드의 『행복한 왕자』 이야기를 들었을 때는 말해주는 형도, 듣는 나도 흐르는 눈물을 주체하지 못하고 둘이 함께 엉엉 울었던 기억도 난다.

그런 독서가인 형에게 있어서 학교 도서관이 문을 닫는 여름방학은 고통스러운 시기였다.

당시, 내가 살던 동네 근처는 도서관 같은 문화적 환경이 제대로 갖춰져 있지 않은 뒤떨어진 곳이었다. 수영장을 여는 날에는 도서관도 함께 개방하는 등 학교도 나름대로 애를 썼지만 형의 독서욕을 채울 수는 없었다.

그런 때 형이 주로 가는 곳은 상점가에 있는 헌책방이었다. '사치코 서점'이라는 이상한 이름의 가게였지만 언제 가봐도 사치코라는 여자는 보이지 않고 딱딱한 표정의 늙은 서점 주인만이 가게 구석에서 담배를 피우고 있을 뿐이었다.

주인은 눈초리가 상당히 날카로웠는데, 엄격한 눈썹은 언제나 10시 10분을 가리키고 있었다. 아이들의 눈에는 무서운 사람으로 보였지만 이상하게도 형과 이야기를 나눌 때는 늘 사람 좋은 미소를 지었다. 그 무렵에는 잘 몰랐지만 나중에 중학교 국어 교과서에서 아쿠타가와 류노스케의 사진을 봤을 때, 나는 당장에 그 헌책방 주인을 떠올렸다.

사치코 서점 안에는 어른들이 읽는 하드커버 책들만 진열돼 있었지만 가게 앞에는 헌 잡지나 어린이용 책들이 수레 같은 진열대 위에 놓여 있었다. 그 책들은 모두 권당 10엔의 가격표가 붙어 있었고, 근처 어린이들은 당연한 듯 그 책들을 서서 읽었다. 상점가에는 아케이드가 있었기 때문에 너무 더운 날이나 추운 날, 혹은 비 오는 날에는 시간을 보내기에 더할 나위 없이 좋은 곳이었다.

"어이, 소년!"

그때 분명히 어머니의 심부름을 다녀오던 중으로 기억한다. 오이와 토마토 봉지를 품에 안은 채 서서 책을 읽고 있는 우리를 보고, 주인은 담배를 입에 문 채 가게 밖으로 나왔다. 그는 늘 형을 '소년'이라 불렀다.

"이건 너희 친구 글씨냐?"

그렇게 말하면서 그가 보여준 종이는 작은 갱지였다.

"오늘, 가게 유리창에 붙어 있었던 거다. 흔적이 남아서 벗기는 데 애를 먹었다."

그렇게 말하면서 주인은 부아가 난다는 듯, 가게 앞을 턱으로 가리켰다. 그의 말대로 미닫이문의 큰 유리창 위에 흰 벌레 같은 형태로 종이를 벗긴 자국이 있었다. 당시에는 셔터 있는 가게가 별로 없어서 가게 문을 닫을 때는 덧문을 붙이든 가, 이 헌책방처럼 유리 미닫이문을 닫고 커튼을 치는 가게가 대부분이었다.

"그 학생모를 쓴 녀석한테 장난치지 말라고 해라."

주인은 불쾌한 듯 얼굴을 더욱 찡그리며 말했다.

그의 손이 가리키고 있는 종이 위에는 분명 전에 보았던 졸렬한 글씨체로 이렇게 쓰여 있었다. '뉴리가게 아사이 게이스케 여름 동안에'.

"아저씨, 이거 언제 붙어 있었어요?"

"오늘 아침이야, 오늘 아침. 뭔가 이상한 느낌이 들어서 커튼을 열어보니까 딱 네 동생만 한 아이가 붙이고 있더구나. 당장에 자물쇠를 풀고 야단을 치려고 했는데 우물쭈물하는 사이에 도망가 버렸다."

"그 애, 어떤 아이였어요?"

형은 수상쩍다는 듯이 물었다.

"어떻다니. 학생모를 반듯하게 쓰고 있어서 얼굴은 잘 못 봤지만, 목닫이 교복˚ 같은 것을 입고 있었지. 납작한 란도셀˚˚을 메고 밑에는 반바지, 아! 그리고 보니 이 근처에서는 못 보

˚ 옷깃이 세워진 모양의 학생복.
˚˚ 등에 메는 초등학생용 가방.

60

던 차림새였는데. 아마 좋은 학교를 다니는 도련님이겠지.”

“아저씨, 잘못 보신 건 아니세요? 지금은 여름방학이잖아요. 란도셀을 멘 아이가 있을 리가 있겠어요?”

형의 말대로였다. 여름방학 중에 학교에 두 번 정도 갈 일이 있기는 하지만 그때 일부러 란도셀을 메고 가는 아이는 없었다.

“그래도 좋은 학교를 다니면 다른 아이들이 쉴 때도 열심히 공부를 하거든. 그러니까 머리도 좋겠지만.”

난처해선지, 아니면 진심인지, 헌책방 주인은 진지한 얼굴로 대답했다.

“사실은요, 아저씨.”

며칠 전에도 사와야 옆 전봇대에 비슷한 종이가 붙어 있었던 것을 형은 선뜻 말했다.

“그건 대체 뭐 하는 짓인지 모르겠군. 꽤나 손이 가는 장난을 치는구먼. 도깨비 낙서도 아니고.”

태평스러운 미소를 지으며 주인은 말했다. 무서운 얼굴을 한 사람일수록 웃는 얼굴은 귀여운 법이라고, 그 얼굴을 보면서 나는 생각했다.

“도깨비 낙서가 뭐예요?”

형이 묻자, 주인은 뭔가 말을 꺼내려다 내 쪽을 힐끔 보더니 입을 닫아버렸다.

"듣고 보니 그 아이의 복장이 이상하긴 했어. 이렇게 더운데도 긴팔 윗도리를 입고 있었거든."

주인의 표정이 갑자기 어두워지면서 뭔가 멍한 표정을 짓는 것을 나는, 놓치지 않았다. 아무래도 '도깨비 낙서'는 별로 좋은 뜻이 아닌 모양이었다.

"어쨌든 두 번 다시 이런 장난치지 말라고 그래라!"

주인은 이내 제정신이 돌아온 듯 그 종이를 형에게 억지로 건네주고 난 후 가게 안으로 들어가버렸다.

나는 아주 불길한 예감이 들었다.

자신의 이름이 쓰인 종이가 여기저기 붙어 있는 것만으로도 기분이 나쁜데, 그 짓을 하는 자가 이 한여름에도 긴팔 윗도리를 걸친 이상한 소년이라고 한다. 거기에다, 그 의미가.

"형, 이거 혹시?"

나는 형이 들고 있는 종이를 보며 예언이 아닐까, 하고 물었다.

두 장의 종이에 쓰인 말은 앞쪽은 똑같지만 마지막 문구가 달랐다. 첫 번째는 '가울못바다'고, 그다음이 '여름 동안에'다. 둘을 이어서 생각하면 초등학교 3학년짜리라도 당장에 이해할 수 있다.

―유리가게의 아사이 게이스케, 가을 못 보다.

―유리가게의 아사이 게이스케, 여름 동안에.

즉, 여름 동안에 무슨 일이 일어나 나는 가을을 맞이하지 못한다는 말이 아닌가.

"이런 건 그냥 장난이야. 신경 쓰지 마."

형은 재빨리 내 손에서 종이를 뺏어 들고, 주머니에 구겨 집어넣었다. 하지만 나는 그 말에 쉽게 수긍할 수가 없었다. 그 무렵의 나는 지금보다 훨씬 더 죽음과 가까운 나날을 보내고 있었기 때문이다.

나는 어릴 적부터 심한 소아천식을 앓고 있었다.

평소에는 별 탈 없이 생활할 수 있었지만 다시 발작이 일어나면 지옥과 같은 괴로움에 빠져버리는데, 그때의 일을 생각하면 지금도 등골이 서늘해진다.

발작은 대개 밤과 새벽녘에 일어났다. 갑자기 기침이 멈추지 않게 되어 도저히 잘 수가 없었다. 끈적거리는 가래가 쉼 없이 기관지에 들러붙어 정상적으로 숨을 쉴 수가 없었기 때문이다.

몸을 돌리는 것조차 힘이 들어 땅에 엎드려 조아리는 자세로 먹은 약이 효과를 발휘하기만을 기다리는 동안 너무나 괴로운 나머지 머릿속은 하얀 백지 상태, 급기야 이대로 숨이 멈춰 죽을지도 모른다는 공포를 느끼곤 했다. 가슴 언저리에서 쌕쌕하고 울리는 천명喘鳴이 나에게는 마치 폐나 기관지에 구멍이 뚫려 거기에서 공기가 빠져나오는 소리로 들렸다.

초등학교에 올라가기 전에 세 번, 2학년 때 한 번, 나는 천식으로 대발작을 일으켜 구급차로 긴급수송된 적도 있었다. 호흡이 안 돼 의식을 잃어버렸던 것이다. 적절한 처치 덕분에 생명을 구할 수 있었지만 특히 두 번째 대발작을 일으켰을 때는 그냥 죽었대도 이상하지 않을 상태였다고 나중에 부모님은 말씀하셨다.

그 이후 입원할 정도는 아니었지만 중간 정도의 발작을 자주 일으키고 있었다. 특히 계절이 바뀌는, 일교차가 커질 무렵이면 내 몸은 바로 안 좋은 반응을 보이며 나를 괴롭혔다.

'어쩌면.'

그 두 장의 종이는 정말로 예언일지도 모른다는 생각이 들었다.

여름방학 중 어느 날, 분명히 기온이 확 내려가는 날이 있어서 그 밤에 나는 발작을 일으킬 것이다. 그리고 숨을 쉴 수 없게 되어 그대로 죽어버린다. 나에게 있어 그것은 언제라도 일어날 수 있는 불행이었다.

그 학생모 소년은 그것을 알리러 온 저승사자일지 모른다고, 형과 함께 상점가를 걸어오면서 나는 생각했다. 마침 그때, 시간이라도 맞춘 듯, 레코드가게 앞의 스피커에서 슬픈 멜로디가 흘러나왔다. 당시 폭발적인 인기를 끌던 TV 드라마 〈사랑과 죽음을 바라보며〉의 테마송이었다.

＊　＊　＊

도치기에 사는 할아버지가 찾아온 것은 그로부터 얼마 후의 일이었다고 기억하고 있다.

이이다바시에서 군 시절 동료들의 모임이 있어서 거기에 참석하는 길에 들른 것이다.

할머니는 둘째치고, 솔직히 말해서 나는 할아버지가 불편했다. 몸이 약한 나를 귀여워해 주는 것은 고마웠지만 나를 대하는 태도와 형을 대하는 태도가 너무나도 달랐기 때문이다.

아버지 말로는 형이 장남이라 확실하게 가르치려는 것이라고 했지만 내가 보기에 할아버지의 태도는 도를 넘고 있었다.

예를 들면 이전에 할아버지가 찾아왔을 때, 내가 집 앞 길가에서 굴러 넘어져 무릎이 까진 일이 있었다. 별 상처가 아니었기 때문에 평소 같으면 덤벙이인 내가 웃음거리가 되고 끝날 일이었다. 그러나 왠지 할아버지는 함께 놀고 있던 형을 무척이나 심하게 나무랐다.

"네가 곁에 있으면서 왜 동생을 다치게 하는 거냐!"

"동생이 위험한 짓을 할 것 같으면 먼저 말리는 것이 형이 할 일이 아니냐!"

"이런 쓸모없는 녀석은 이 집안에 필요 없다!"

형은 한마디 변명도 하지 않고, 묵묵히 아래만 내려다보고 있었다. 이윽고 굵은 눈물이 빗방울처럼 뺨을 타고 흘러내려 도저히 그냥 두고 볼 수가 없었다. 내 탓으로 형이 야단을 맞는 것이 괴로워 나도 함께 통곡했다. 할아버지는 그 모습을 보고, 네가 우니까 게이스케도 운다면서 형을 더 꾸짖었다.

또 할아버지는 장난감이나 과자를 형에게는 사주지 않았다. 나와 여동생에게는 뭐든지 사주었는데, 형에게는 다 컸다는 이유로 캐러멜 하나 사주는 일이 없었다. 사정이 그 정도라면 할아버지가 의식적으로 형을 괴롭힌다고밖에는 생각할 수 없었다.

할아버지가 오면 형은 그 즉시 움츠러들어 거의 입도 뻥긋하지 못했다. 평소의 쾌활함이 사라지고, 길 잃은 강아지 같은 얼굴로 그저 혼나지 않도록 숨을 죽이고 있었다. 할아버지가 있는 동안에는 늘 그런 상태가 되는 것이었다.

이때 할아버지는 사흘 정도 머물렀던 것 같은데 역시 형에 대한 태도에는 변함이 없었다. 조금 대답이 늦었다는 이유로 야단을 쳤고, 그야말로 젓가락을 들고 내리는 것 가지고도 호되게 쓴소리를 내뱉었다. 그래도 형은 말대꾸 한 번 하지 않고 묵묵히 할아버지의 말에 따르고 있었다. 아버지와 어머니조차 할아버지에게는 말참견을 못 했기 때문에 집 안은 묘하게 긴장감이 맴돌았다. 그 긴장감을 견디지 못한 나는 할아버지가 돌아가자마자 열이 나서 병상에 눕고 말았다.

"왜 할아버지는 형한테 그렇게 나쁘게 하실까?"

머리에 젖은 수건을 얹은 채 나는 말했다.

"할아버지는 군대에서는 높은 사람이었으니까 지금도 그때의 버릇이 남아 있는 거야."

부채로 나를 부쳐주면서 형은 밝은 얼굴로 대답했다.

형은 늘 그랬다. 자신이 괴로운 처지에 있어도 늘 남의 일처럼 말했다.

"그래도 너무 심해. 그럼 형이 너무 불쌍하잖아."

"그런 말 하지 마. 할아버지는 내가 훌륭한 사람이 되라고 그러시는 거야. 나는 하나도 안 싫어."

형의 말이 진심이었는지 어떤지는 지금도 모른다. 하지만 역시 할아버지가 너무한 것이라고 생각한다.

어린 시절, 형은 나의 자랑이었다.

공부나 스포츠는 물론 딱지치기, 야구까지도 근처 아이들 중에서는 단연 최고였다. 거기에다 우애가 깊어 내가 열이 나면 직접 간병을 해주었고, 여동생의 소꿉놀이에도 창피해하지 않고 상대해주었다. 할아버지가 일부러 쓸데없는 말참견을 하지 않아도 형은 충분히 훌륭했던 것이다.

"장남은 괴로운 거구나."

나는 이불 속에서 형을 바라보며 말했다.

자세한 사정은 몰랐지만 할아버지의 집은 도치기 마을에서는 나름대로 큰 집이라고 할 수 있었다. 어차피 어느 집안의 일 족에 지나지 않았겠지만 그랬기 때문에 할아버지는 아이들을 더 엄하게 길러 훌륭한 후계자로 만들려고 노력했던 모양이다.

아버지에게도 나와 마찬가지로 형이 있어서 그쪽이 대를 이을 예정이었기 때문에 아버지는 재빨리 도쿄로 나와 유리 가게 주인이 되었다. 그런데 형(나에게는 큰아버지)이 자식도 남 기지 못하고 티푸스로 죽어버려 갑자기 아버지를 후계자로 삼는 문제가 거론되었던 것이다.

시골 생활의 지루함을 알고 있는 아버지에게는 고맙지만 귀찮은 문제였다고 한다. 몇십 대를 이어져 내려오는 명가라 면 몰라도 결국에는 시골의 작은 부자 정도에 지나지 않았다. 후계자 운운할 정도의 집안이 아니라며, 아버지는 시골로 내 려갈 생각도 하지 않았다. 그래서 나와 형이 모르는 사이에 오랜 세월 아버지와 할아버지의 갈등은 계속되었던 것 같다. 겨우 화해를 한 것은 우리 형제 중 누군가가 성인이 되면 이 름만이라도 뒤를 잇기로 결정되었기 때문이다.

그렇다면 당연히 형이다. 그래서 할아버지는 조금이라도 형을 훌륭하게 키우려고 특별한 노력을 기울이고 있는 것이 라고 나는 생각했다.

“아니야. 시골 후계자는 게이스케야.”

내 이마에 수건을 올려주며, 형은 말했다.

"왜? 형이 장남이니까 당연히 형이지."

내 말에 형은 어딘가 쓸쓸한 미소를 지었지만 왜 그런 생각을 했는지, 그 이유는 가르쳐주지 않았다.

* * *

그 후에도 그 요상한 종이는 동네 여기저기에서 계속 발견되었다.

내가 아는 한 여전히 '가울못바다'와 '여름 동안에'라는 문구는 교대로 나타났다. 그 집요함에 화가 치민 형이 닷짱, 그리고 히로시와 함께 학생모를 쓴 소년을 찾아다녔지만 찾을 수가 없었다.

"쓸데없는 장난질이나 치고. 잡으면 죽여버릴 거야!"

형은 매일 그렇게 말하고 다녔다.

콧김을 거칠게 내뿜는 형의 모습을 보고 있으면 나는 이상하게도 기운이 솟았다. 형과 함께라면 두려울 게 하나도 없다는 생각이 들었던 것이다.

어쩌면 그 학생모 소년은 형을 두려워했는지 모른다. 그랬기 때문에 내가 혼자 있던 어느 날 홀연히 그 모습을 드러낸 것이 아닐까 생각한다.

내가 그 소년을 본 것은 8월에 들어서였다.

그해 여름은 비가 적게 내려 도쿄는 가뭄 상태였다. 기온도 높고, 강한 햇살이 매일 지붕의 기와를 태우고 있었다.

하지만 그날은 마치 북녘에서 불어온 바람 덩어리가 지나가기라도 한 것처럼 갑자기 선선해졌다. 모든 사람들이 잠시 미간을 풀고 편안한 여름의 하루를 보내고 있었다.

평소에는 형 일행들과 섞여 노는 일이 많았지만 학교가 길게 쉬게 되면 때로는 같은 반 친구들이 그리워지는 법이다. 그날 나는 폐품 회수업을 하는 동급생의 집에 놀러 가서, 그 집 일터 구석에서 하루 종일 놀았다.

그곳에는 모아놓은 온갖 잡동사니들이 잔뜩 굴러다니고 있어서 일에 방해만 되지 않으면 무슨 짓을 해도 혼나지 않는, 아이들에게는 천국과 같은 장소였다. 나는 친구들과 헌 신문지의 산을 오르기도 하고, 고장 난 TV에서 강력 자석을 빼내기도 하며 신 나게 놀았다.

거기서 실컷 놀고 노을이 물든 좁은 골목길을 혼자 걸어 돌아오면서 나는 약간 불길한 기분을 느끼고 있었다.

먼지투성이인 곳에서 논 탓인지, 기관지 입구가 그르륵 거리면서 약한 기침이 나고 있었던 것이다. 기온이 급격히 내려간 것도 나에게는 좋은 일이 아니었다.

'빨리 돌아가야겠다.'

순간적으로 발작의 조건들이 모두 갖춰졌다는 것을 느끼

고, 나는 잰걸음으로 걸었다. 부모하고도, 약하고도 떨어진 장소에 있다는 것이 불안해서 견딜 수가 없었다.

그 소년을 만난 것은 집 근처 골목길이었다. 좁은 골목길로 들어섰을 때, 석양을 등진 형태로 아무도 없는 골목길 한복판에 돌연 서 있었던 것이다.

어느 집에서인지 라디오 야구중계 소리가 들렸고, 당시에는 드물었던 목욕탕이 있는 집에서 흘러나오는 부드러운 온수 냄새가 감돌고 있었다. 그 냄새에 섞여, 상한 밥에서 풍기는 냄새도 은근히 함께 느껴졌던 것 같다.

처음에는 못 보던 아이가 있다는 정도의 생각뿐이었다. 그러나 조금씩 다가서는 동안에 그가 바로 그 종이를 붙인 소년이란 것을 알아챘다. 헌책방 주인이 말한 대로의 모습을 하고 있었기 때문이다.

그는 여름인데도 긴소매 윗도리에 감색 학생모를 깊이 쓰고 있었다. 아래는 반바지에 검은색 양말, 바랜 색깔의 신발을 신고 있었고, 정면에서는 잘 안 보였지만 등에는 아무래도 란도셀 같은 것을 메고 있는 것 같았다. 내가 사용하고 있던 검은색 상자 형태가 아니라 더 허술하고 낡아 보였다. 어깨에 걸치는 가는 갈색 가죽 벨트 부분이 무척 닳아 있었기 때문이다.

소년(그가 붙이고 다니는 것이 도깨비 낙서라면 역시 도깨비일까)은 지나가는 사람을 막아서는 모양새로 골목 한복판에 우뚝

선 채 묵묵히 나를 바라보고 있었다. 그렇다고 해도 그 당시 그의 얼굴을 확실히 본 것은 아니었다. 단지 그가 이쪽으로 얼굴을 돌리고 있었기 때문에 그럴 것이라고 생각한 것이다.

'그 종이를 붙인 녀석이다!'

그런 생각이 든 순간 왠지 다리가 움직이지 않았다. 마치 누군가에게 발목을 잡힌 것처럼 꿈쩍도 할 수 없었다.

이윽고 붉은색 역광 속을 헤치며 소년은 나에게 다가왔다. 마치 취한 것처럼 기묘하게 다리를 질질 끄는 걸음걸이였다.

그가 가까이 다가올수록 비릿한 냄새가 강해졌다. 나는 소리를 지르려고 했지만 목소리가 나오지 않았다. 목구멍에 공기 덩어리를 쑤셔 박은 것처럼 정상적으로 숨을 쉴 수가 없었던 것이다.

그는 내 앞 1미터 정도 거리에서 멈춰 서더니 마치 톱니바퀴로 움직이듯 자연스럽지 못한 동작으로 슬쩍 한 장의 종이를 내밀었다. 그동안 보아왔던 것과 똑같은 종이에 역시 그 엉성한 글씨체로 이렇게 쓰여 있었다.

'뉴리가게의 아사이 게이스케 덧업는 은명'—유리가게의 아사이 게이스케, 덧없는 운명.

내가 그 문자를 읽는 순간 그는 슬쩍 얼굴을 들어 그 입가에 살포시 미소를 지어 보였다. 그리고 수초 후에 나는 의식을 잃고 말았다. 지나친 공포를 견디지 못하고 그 자리에 쓰러져버렸던 것이다. 지나가던 퇴근길의 사람에게 발견되었을 때 나는 발작을 일으킨 사람처럼 몸을 떨며 오줌까지 지렸다고 한다. 어떻게 소식을 듣고 달려온 아버지에 의해 나는 집으로 옮겨졌다.

그 후 죽은 듯이 잠에 빠졌다가 겨우 눈을 떴을 때 나는 이불 속에 눕혀져 있었다. 한밤중이었는데도 부모님과 함께 눈이 빨갛게 부은 형이 불안한 듯 나를 내려다보고 있었다.

"의사 선생님은 아무 데도 나쁜 곳이 없다고 했는데 어떻게 된 거냐? 발작이 또 일어났니?"

아버지가 내 손을 잡으면서 조용히 물었다.

하지만 나는 도저히 말할 수가 없었다.

골목길에서 만난 소년이 눈도 코도 없이 그저 새빨간 입만 매끈한 살덩어리 안에서 꽃처럼 웃고 있었다고는, 도저히 말할 수가 없었다.

*　*　*

그 다음 날부터 나는 자리에서 일어날 수가 없었다.

원인불명의 미열이 계속되었고, 머릿속은 늘 안개가 낀 것처럼 몽롱했다. 아무리 자도 잔 것 같지 않았고 몸에는 힘이 하나도 없었다. 다시 큰 병원으로 가서 검사를 받았지만 특별히 나쁜 곳이 없어서 의사는 고개만 갸웃거릴 뿐이었다.

"게이스케, 정신 차려!"

그러는 동안 형은 내 곁을 지켜주었다. 친구가 놀자고 와도 나가지 않고 언제나 내 눈이 머무는 곳에 있으면서 뭐든지 나를 도와주었다.

언제, 어떤 상황에서 나눈 대화인지 기억은 없지만 형에게 이렇게 물었던 적이 있었다.

"형은 왜 그렇게 착해?"

형은 웃으면서 대답했다.

"게이스케는 내 동생이니까."

그 대답이 나에게는 이상하게만 느껴졌다. 만약 내 여동생이 병이 났다고 해도 내가 이렇게 잘해줄 수 있을지 자신이 없었다. 형은 지나치게 친절했다.

그런 내 마음을 읽은 것처럼 형은 이렇게도 말했다.

"내가 너한테 잘해줘서 기쁜 생각이 들었다면 너도 누군가에게 잘해주면 돼. 그러면 언젠가는 이 세상 모두가 친절해질 테니까."

그 말 하나를 떠올려보더라도 역시 형은 내 자랑거리였다. 그렇게 멋진 형은 분명히 이 세상 어디를 찾아봐도 우리 형밖에 없을 것이니까.

형과의 이별은 갑작스럽게 찾아왔다.

내가 쓰러진 뒤, 딱 일주일이 지난 날이었다. 그때 나는 이불 속에서 웅크리고 있었다. 깨어 있는지 자고 있는지 스스로도 알 수 없는 상태였다.

"어이, 게이스케!"

갑자기 부엌문 쪽에서 누군가가 부르는 소리가 들렸다.

눈을 뜨니 방 안에는 아무도 없었다. 일터에서 아버지가 유리를 자르는 소리만 들렸을 뿐 어머니와 여동생의 모습은 어디에도 보이지 않았다. 형 역시 보이지 않았고, 커튼 틈 사이로 붉은 석양만 스며들고 있을 뿐이었다.

"게이스케, 히데짱이 불러! 공원으로 나오래!"

그 목소리는 틀림없이 닷짱의 목소리였다. 나는 엉금엉금 이불에서 기어 나와 부엌문 쪽을 내다보았다. 그러나 그때는 이미 아무도 없었다.

'형은 어디로 갔을까?'

멍한 머리로 생각해보니 형이 더 이상 읽을 책이 없다고 중얼거렸던 것이 생각났다. 『그림동화』도, 『일본의 옛날이야기』도 모두 몇 번이나 읽어버렸던 것이다.

'그러고 보니 사치코 서점에 다녀온다고 했었지.'

나는 겨우 납득했다. 분명 내가 잠이 든 사이에 서둘러 사치코 서점에 새 책을 사러 갔음이 틀림없었다.

그런 형이 왜 나를 부른 것일까. 뭔가 긴급 사태라도 일어난 것일까.

나는 엉거주춤 옷을 갈아입고 오랜만에 밖으로 나왔다. 아버지한테 들키면 시끄러워지니까 부엌문 쪽을 이용했다.

어쩐 일인지 그 가쿠지사 뒤편 공원으로 갈 때까지 나는 아무도 만나지 않았다. 결코 사람들 통행이 적은 길이 아니었는데 마치 약속이나 한 것처럼 지나다니는 사람이 아무도 없었던 것이다.

이윽고 나는 그 공원에 도착했다. 공원 안에도 역시 사람의 그림자는 보이지 않았고, 여름날의 석양이 미끄럼틀이나 정글짐의 그림자를 기묘한 생물체처럼 길게 늘이고 있었다. 머리 위로는 몇 마리의 박쥐가 얽힌 실 같은 궤적을 그리고 날고 있었다.

공원 안을 둘러보며 나는 형의 모습을 찾았다.

"형!"

그 말을 입에 담는 순간 갑자기 시원한 바람이 불었다. 그 바람에는 상한 밥과 같은, 토할 것 같은 냄새가 섞여 있어서 나도 모르게 코와 입을 막았다. 동시에 뭔가 이질적인 느낌이 들어 공원 안쪽으로 눈길을 돌렸다.

언제부터 있었는지 그 학생모를 쓴 소년이 공원 구석, 석등 아래에 서 있었다. 학생모의 차양 때문에 매끈한, 아무것도 없을 얼굴에는 그림자가 드리워져 그 꽃과 같이 붉은 입술만 보이고 있었다.

　그의 모습에 지난번과 마찬가지로 내 몸은 움직일 수 없었다. 상반신은 어떻게든 움직이려면 움직일 수도 있었지만 허리 아래는 콘크리트로 굳어진 것처럼 발끝 하나 움쩍거릴 수가 없었다. 낭패스러워하는 내 모습을 보고 소년의 입술이 씩 웃었다.

　드디어 전에도 그랬듯이 소년은 내 쪽으로 다가왔다. 역시 1미터 정도 앞에서 잠시 멈추더니 그 톱니바퀴로 움직이고 있는 것 같은 어색한 움직임으로 손을 내밀며 더욱 다가왔다.

　하지만 그날은 그 종이를 쥐고 있지 않았다. 그리 건강해 보이지 않는 손톱이 달린 손가락을 내게로 펼쳐 보이며 마치 그 손을 잡으라고 하는 것 같았다.

　뱀 앞에서 꼼짝 못 하는 개구리의 심경이 이런 것일까. 그가 시키는 대로만 할 뿐 내 의지로는 아무것도 할 수 없을 것 같았다. 스스로도 이유를 모른 채 나는 소년을 향해 손을 뻗었다.

　"게이스케, 잡지 마!"

　갑자기 등 뒤에서 형의 목소리가 들렸다.

　뒤돌아보니 어깨를 위아래로 들썩거리며 형이 공원 입구에 서 있었다. 한 손에는 연한 갈색의 네모난 종이 봉투를 들고 있었다.

"내 동생한테 손대지 마!"

그렇게 말하면서 형은 필사적으로 뛰어왔다. 그리고 나와 소년 사이에 끼어들어 나를 뒤로 밀쳤다. 그것을 계기로 내 몸은 겨우 움직이는 방법을 생각해낸 것처럼 쇠사슬에 묶인 듯한 상태에서 해방되었다.

"형!"

나는 형 뒤에 들러붙었다. 형은 손을 뒤로 뻗어 내 손을 잡았다.

학생모 소년은 손을 앞으로 내민 채 꿈쩍도 하지 않고, 입가에는 여전히 기분 나쁜 미소를 띠고 서 있었다.

"게이스케 넌 이걸 갖고 먼저 집에 가!"

들고 있던 봉투를 형이 억지로 나에게 안겨주었다.

"난 이 녀석과 결판을 낼게. 안 그러면 계속 널 괴롭히게 될 거야!"

"싫어! 같이 가자."

나는 형의 셔츠를 잡아당겼다.

"괜찮으니까 집에 가 있어! 형 말 안 들을 거야?"

형에게 떠밀려서 나는 꼴사납게 넘어졌다. 그때 땅에 무릎을 강하게 찧었지만 내가 운 것은 아파서가 아니었다.

"형!"

"부탁이야, 집에 가!"

나는 형의 말에 따를 수밖에 없었다. 울며 공원 입구까지 걸어가다가 참을 수가 없어 형을 돌아보았다.

형도 나를 보고 있었다. 내가 뒤돌아보는 것을 눈치채고 오른팔을 한 번 들어 보였다.

그때 형의 눈은 정말 강하고 부드러운, 마치 사자 같은 눈이었다. 그러면서도 어딘가 깊은 슬픔의 빛조차 띠고 있었다.

세상의 슬픈 일을 모두 본 것 같은 그런 눈을, 어떻게 겨우 열 살 소년이던 형이 가질 수 있었던 것일까?

그때 나로서는 그 이유를 전혀 알 수가 없었다.

*　*　*

"어디까지가 진짜인지는 모르겠지만 이런 말을 들은 적이 있단다."

사치코 서점의 주인아저씨는 담배에 불을 붙이면서 말했다. 도쿄 올림픽을 기념한 '올림피아드' 담배였다.

"옛날 어떤 남자가 마을 전봇대에 더러운 글씨가 적힌 종이가 붙어 있는 걸 봤지. 거기에는 그 마을에 사는 다른 남자의 이름이 적혀 있었는데 '어디의 아무개, 흥하느냐 망하느냐'라고 쓰여 있었어. 이상하게 생각한 남자는 아무개의 집을 찾아갔지. 그랬더니 아무개는 며칠 전부터 큰 병에 걸려서 살지 죽을지 알 수가 없는 상태였단다."

"그야말로 '흥하느냐 망하느냐' 그런 상태였군요."

내가 맞장구를 치자 주인아저씨는 고개를 끄덕였다.

"그로부터 얼마 후, 또 마을 전봇대에 '어디의 아무개, 오늘 밤 힘이 다하다'라고 쓴 종이가 붙어 있었어. 그 말대로 아무개는 그날 밤, 죽어버렸단다."

"그게 '도깨비 낙서'예요?"

"뭐, 그렇다고 할 수 있지."

주인아저씨는 어딘가 미안한 표정을 지었다.

"형한테 그 말을 하셨죠?"

"어쩔 수가 없었단다. 소년이 꼭 가르쳐달라고 막무가내였으니까."

그렇게 말하면서 주인아저씨는 내가 건네준 흰 종이를 쓸쓸한 눈으로 바라보았다.

그 종이에는 형의 복장이나 특징이 자세히 적혀 있었다. 사진도 작게 실렸는데 인쇄 상태가 좋지 않아 거의 일그러져서 다른 사람처럼 보였다.

"벌써 시간도 많이 흘렀는데, 뭔가 짚이는 거라도 있었니?"

그 말에 나는 고개를 가로저을 수밖에 없었다.

"그래. 이 종이는 꼭, 입구 유리창에 붙여놓으마."

내가 건네준 종이에는 커다란 붉은 글씨로 '이 아이를 찾습니다'라고 적혀 있었다.

그날 몇 시가 지나도 형은 돌아오지 않았다. 아버지는 당황하여 경찰에 신고한 후 여기저기를 찾아다녔다. 이웃들도 도와주었지만 형의 모습은 어디에도 보이지 않았다.

물론 나는 학생모 소년의 일과 저녁에 공원에서 일어났던 일을 어른들에게 말했다. 그러나 아무도 믿어주는 사람은 없었다.

바로 그 시간에 방에서 자고 있던 내 모습을 아버지가 봤다는 것이다. 게다가 나를 부르러 왔던 닷짱은 그 시간에, 가족들과 함께 바닷가를 놀러 가서 마을에는 없었다.

그래서 내가 공원에서 형과 헤어진 것은 열에 시달리며 꾼 악몽이 되어버렸다. 그렇다면 집에 『톰 소여의 모험』이라는 책이 있는 것은 어떻게 설명할 수 있을까. 그것은 형이 사라지기 직전에 사치코 서점에서 산 것으로, 내가 가져온 종이 봉투 안에 들어 있었던 것인데.

그러나 스스로도 믿음직스럽지 못하듯 실은 나 자신도, 그 공원에서의 일이 도대체 어디부터 어디까지가 현실이었는지 잘 알 수가 없었다. 공원에서 집까지 오는 동안의 기억이 전혀 없었던 것이다. 책 봉투가 없었다면 나 역시 꿈이었다고 생각했을지 모른다.

"아저씨, 그 학생모를 쓴 아이는 누구였을까요?"

나는 책상 위에서 전단지 뒤에 풀칠을 하고 있던 주인아저
씨에게 물었다.

"저승사자였을까요?"

"글쎄다."

"유령이었을까요?"

"나도 모르지."

주인아저씨는 입을 찡그리며 대답했다.

사실 그것은 누구도 알 수 없는 일이다. 그가 누구며, 형과
어떤 말을 주고받았는지, 지금에 와서도 아무것도 알 수가 없
다. 확실한 것은 형과 함께 그의 모습도 사라졌다는 것이다.

"이렇게 붙이면 되겠지."

드디어 주인아저씨는 입구 유리창에 꼼꼼하게 전단지를 붙
였다.

"그렇게 붙이시면 유리에 흔적이 남잖아요."

"뭐 그게 대수냐."

나와 주인아저씨는 함께 그 전단지를 보았다.

"네 아버지가 직접 만들었다고 들었는데. 몇 장 정도 인쇄
한 거냐?"

"아마 50장 정도일걸요. 하지만 여기저기 붙여버려서 벌써
반으로 줄었어요. 며칠 전에는 우에노하고 닛포리 역전에서
나눠줬대요."

내 말을 들은 주인아저씨는 의미심장한 어조로 말했다.

"들어보니 그 아이가 친자식도 아니었다던데, 그렇게까지."

그것은 나도 형의 모습이 사라진 후에 처음으로 듣는 말이었다.

형은 사실 우리 부모님의 자식이 아니라 아버지 친구의 자식이었다. 친구 부부는 교통사고로 세상을 일찍이 떠났고, 남겨진 젖먹이 형을 불쌍하게 생각한 아버지가 자신의 양자로 삼은 것이었다.

시골의 할아버지는 그것이 마음에 들지 않았다. 먼 훗날, 자신과 피 한 방울도 섞이지 않은 아이가 선조 대대로 내려오는 토지를 이을지도 모른다는 생각을 하니, 화가 치밀어 견딜 수가 없었던 것이다. 어른스럽지 못하게 형을 학대했던 것도 그 속좁은 마음이 행한 짓이었다.

"그런 건 전혀 상관없어요! 형은 우리 집 자식이고 내 형이니까요!"

"미안하다. 쓸데없는 말을 해서. 네 말이 맞구나."

주인은 아이인 나한테 깊이 머리를 숙였다.

형이 진짜 형제가 아니라는 것을 알았을 때 나는 적지 않게 쇼크를 받았다. 그러나 그 이상으로 놀란 것은 형 자신도 그 사실을 알고 있었다는 것이다. 벌써 오래전에 할아버지에게서 들었던 모양이다. 그런 형의 마음을 생각하니 나는 지금도 눈물이 나올 것 같다.

마치 형이 가져가 버린 것처럼 그 이후 나의 천식은 완전히 나았다. 어린 날의 발육부진을 만회하려는 듯 내 몸은 성장하여 지금은 일찍이 형과 같은 튼튼한 몸이 되었다.

그리고 이 마을도 많이 바뀌었다.

사치코 서점은 이미 가게를 접었고, 아카시아 상점가도 근처에 출점한 대규모 슈퍼마켓에 눌려 과거의 영광을 찾아볼 수가 없다. 아이들이 줄어든 탓에 제3초등도, 제8초등도 사라지고 지금은 다른 이름의 초등학교가 되었다.

하지만 나는 지금도 이 동네에 살고 있다. 형이 돌아올 장소를 없애서는 안 되기 때문이다.

때때로 도로를 달려가는 자동차의 부릉대는 소리가 형의 딱지 치는 소리로 느껴질 때가 있다. 어쩌면 아직 아이인 채 형이 이 마을 어딘가에 살고 있으면서 진짜로 딱지치기를 하고 있는지도 모른다는 생각도 한다.

그런 때, 나는 소중하게 간직하고 있는 〈한방맨〉 딱지를 꺼내들고 친절했던 형을 떠올린다. 그리고 꿈을 꾸는 것이다. 언젠가, 어딘가의 전봇대에 이런 종이가 붙어 있는 것을.

'뉴리가게의 아사이 히데노리, 내일 달아오다'—유리가게의 아사이 히데노리, 내일 돌아오다.

사랑의 책갈피

아카시아 상점가는 도쿄 변두리에 있는 오래된 상점가다. 아케이드가 있는 300미터 정도의 거리에 정육점, 생선가게 같은 식료품점부터 완구점이나 레코드가게, 카페와 술집 등이 꽉 들어차 있다.

그 상점가의 중간쯤에 위치한, 좁은 골목길과 교차하는 곳에 '사와야'라는 주류상점이 있고, 그 가게 앞에 놓인 작은 트랜지스터라디오에서는 늘 방송이 흘러나오고 있었다. 1967년 9월의 일이다.

"더 캐너빗의 〈좋아해, 좋아해, 좋아해〉를 보내드렸습니다. 야아, 정말로 젊음이 넘쳐나는 정열적인 노래군요."

구니코가 가게 뒤쪽에 있는 빈병을 모아두는 곳에서 돌아오자, 마침 노래가 끝나고 있었다. 목에 걸친 수건으로 땀을 닦으면서 자기도 모르게 혀를 찼다.

'캐너빗 노래, 듣고 싶었는데!'

계산대 옆에는 빈 맥주병이 가득 차 있는 상자가 아직 두 상자나 더 쌓여 있었다. 이걸 빨리 옮겨놔야만 한다. 선풍기 바람을 쐬며 잠시 땀을 식힌 뒤, 다시 한 번 힘을 내서 맥주 상자에 손을 댔다.

그때 강한 화장품 냄새가 가게 안으로 들어왔다. 근처 술집 '가스미소'의 마담이다.

"어머, 일찍 나오셨네요. 벌써 출근하신 거예요?"

시곗바늘은 금방이라도 11시를 가리키려 하고 있었다.

"아니야, 오늘은 초등학교 수업참관일이라서."

피곤한 듯 어깨를 두들기며 마담은 말했다.

"둘이나 되니 보통 일이 아니야. 여기 갔다 저기 갔다, 날아다녀야 한다니까."

주벽이 있는 남편과 헤어진 뒤, 마담은 혼자 두 아이를 키우고 있다. 아이는 1학년과 3학년으로 아직은 손이 많이 가는 나이다.

'근데, 너무 튄다.'

구니코는 마담의 복장을 위아래로 훑어보면서 생각했다.

어지러울 정도로 화려한 모양의 원피스를 보는 것만으로도 눈이 따끔거리는데, 미용실에서 세트를 말고 왔는지 머리를 정수리 쪽으로 커다랗고 둥글게 말아 올린 영화배우 같은 스타일을 하고 있었다. 평소 가게 카운터에 앉아 있을 때보다 전체적으로 호화롭게 꾸몄다. 그 차림새로 학교에 간다면 아이들도 당황스러울 게 분명하다.

"오늘 저녁에 맥주 두 상자 배달해줬으면 하는데, 괜찮겠어?"

아이들 화제가 일단락된 뒤, 마담이 말했다.

"물론이죠."

구니코는 계산대 밑에 놓여 있는 노트를 꺼내 주문을 적었다. 조금 있으면 오빠와 어머니가 병원에서 돌아올 것이고, '가스미소'는 50미터 정도 떨어진 곳에 있으니까 여차하면 자신이 배달할 수도 있다.

"그건 그렇고 구니짱, 전에 한 얘기 생각해봤어?"

구니코는 고개를 갸웃했다. 대체 무슨 말일까.

"어머, 잊었어? 우리 가게에서 아르바이트하란 얘기."

그러고 보니 2주쯤 전에 그런 말을 들은 것도 같다. 흔한 농담이라 생각하고 완전히 잊어버리고 있었다.

"구니짱은 얼굴이 굉장히 귀여우니까 화장만 하면 상당한 미인이 될 거 같거든. 틀림없이 구니짱을 보러 손님들이 많이 모여들 거야."

마담의 말을 들으면서 정말일까, 하는 생각이 들었다.

자랑은 아니지만 지금까지 한 번도 남자에게 외모에 대한 칭찬을 들은 적이 없다. 투박하다, 강해 보인다, 라는 식의 말은 수도 없이 들어봤지만.

"죄송해요. 어머니와 오빠가 허락하지 않을 것 같아서요."

그렇게 대답할 때, 라디오에서 귀에 익은 전주가 흘러나왔다. 순간 긴장하며 볼륨을 올렸다.

"다음은 더 타이거즈의 신곡입니다! 〈모나리자의 미소〉!"

더 타이거즈—그것은 구니코에게는 마법의 주문과 마찬가지인 말이었다. 순간, 모든 움직임을 멈추고 숨을 죽여 귀를 기울였다. 레코드도 갖고 있는데 왜 그럴까.

"이런 걸 좋아하다니. 구니짱도 아직 어린애네."

마담은 어깨를 움츠리며 말했다. 하지만 그런 야유도 구니코의 귓전에는 들리지 않았다. 그저 눈을 반짝이며 달콤한 보컬의 목소리에 빠져 있었다.

"역시, 주리를 좋아하나 봐? 그 아이 멋있기는 해."

"주리도 좋지만 제일 좋은 건 사리예요."

"사리? 그게 누구지?"

"키가 크고, 베이스기타를 치고 있는 사람이요."

설명하는 것이 귀찮았다. 타이거즈가 왜 좋은지 모르는 사람에게, 뭘 어떻게 설명해준들 알지도 못할 게 뻔하다.

"음악 감상을 방해해서 미안하네. 그럼, 맥주 부탁해."

머쓱한 얼굴로 마담은 가게를 나갔다. 감사합니다, 하고 나가는 등 뒤에다 인사는 했지만 건성일 뿐이었다. 타이거즈의 노래가 나오는 동안 구니코의 마음은 모두 그쪽으로 향해 있었다.

이윽고 곡이 끝나고 아나운서의 목소리가 나오자 구니코는 한숨을 크게 쉬었다.

'역시 타이거즈는 끝내줘!'

계산대 밑에 숨겨둔, 달이 지난 『월간 평범』을 꺼내서 밀리터리룩으로 온몸을 감싼 젊은이들이 카메라를 향해 웃음을 띠고 있는 페이지를 찾았다. 주리, 타로, 사리, 피, 탑포―올해 2월에 〈나의 마리〉로 데뷔해서 순식간에 인기를 끌어 모은 5인조 그룹. 이제는 블루 코멧, 스파이더스를 앞지를 것 같은 기세다.

멍하니 사진을 들여다보고 있는데, 가게 바로 앞을 지나가는 젊은 남자의 모습이 눈에 들어왔다.

'사리다!'

놀라 두근거리는 심장이 목구멍에서 튀어나올 것 같았다. 순간, 잡지를 던져버리고 재빨리 가게 문 앞으로 나와 그의 모습을 눈으로 뒤쫓았다.

남자는 엷은 블루 반팔 셔츠를 입고, 손에는 북 밴드로 정리한 책을 들고 있었다. 약간 길고 부드러워 보이는 머리는 걸을 때마다 가볍게 흔들리고 있었다.

물론 더 타이거즈의 사리는 아니다. 하지만 키가 크고 스타일이 좋은 점이 꼭 닮았다. 지금은 뒷모습밖에 보이지 않지만 얼굴 생김새도 어딘가 닮았다. 눈에 띄게 핸섬한 것은 아닐지 모르지만 품위 있고 부드러워 보이는 얼굴이다.

그래서 구니코는 올봄에 처음 그를 본 이후, 남몰래 사리라고 부르고 있었다. 늘 어려워 보이는 책을 들고 다니는 것을 봐서 분명히 이 근처 아파트에 살고 있는 학생일 것이라고 생각했지만 자세한 것은 아무것도 몰랐다.

구니코는 가게 입구 쪽에 몸을 숨기듯 서서 그의 뒷모습을 계속 바라보았다. 셀룰로이드로 만든 싸구려 조화가 여기저기에 걸려 있는 상점가였지만 왠지 그의 주위만은 공기부터 다른 것 같은 느낌이 들었다. 이 앞쪽을 곧장 걸어가면 도덴 역이니까 아마 지금부터 학교에 가는 모양이다.

사실 그는 더 타이거즈 이상의 마법이었다. 타이거즈를 생각하면 가슴이 두근두근했지만 이쪽 사리는 그 모습을 힐끗 보는 것만으로도 왠지 가슴이 괴로워진다. 거기에다 귀에서 손끝까지 데인 것처럼 뜨거워지는 것이다.

'아아, 한 번이라도 좋으니까 말해보고 싶다.'

멀어져가는 엷은 블루 셔츠의 뒷모습을 바라보면서 구니코는 크게 한숨을 내쉬었다.

* * *

　그날 저녁, 구니코는 맥주를 두 상자 쌓은 밀차를 밀면서
상점가 안을 걷고 있었다. 가능한 한 흔들리지 않도록 조심하
는 아주 느릿한 발걸음이었다.
　'역시 이렇게 됐네.'
　운반하고 있는 것은 오전 중에 '가스미소' 마담에게 주문받
은 맥주 상자였다.
　원래 사와야는 가족 이외의 종업원 없이 양친과 오빠, 그리
고 구니코 네 명이 운영하고 있었다. 그런데 작년에 아버지가
급사한 뒤, 일손이 부족하게 되었다. 이후 오빠가 트럭으로
배달하고, 가게는 어머니와 구니코가 꾸려나가는 식으로 운
영해왔는데 남편을 잃은 쇼크 탓인지 뒤이어 어머니마저 몸
에 탈이 나버렸다. 혈압이 불안정하여 약간 움직이는 것만으
로도 현기증을 일으키고는 했다.
　그 때문에 일주일에 두 번, 신노초에 있는 병원까지 가게
트럭으로 다녀야만 했다. 당연히 그동안에는 배달이 안 되고
주문도 밀렸다. 그래서 '가스미소'처럼, 같은 상점 안에 있는
가게에는 이런 식으로 밀차로 배달하는 게 빨랐다.
　구니코는 주문받은 맥주를 배달하고 난 후 빈 밀차를 길 한
쪽으로 비켜서 밀며 걸어갔다. 상점가는 슬슬 저녁 장을 보러

나온 사람들로 붐비기 시작했기 때문에 바짝 주의해야만 했다. 무거운 밀차에 부딪히면 멍 정도는 간단히 들어버린다.

'또 이 곡이야, 지겹다.'

유성당이라는 이름의 레코드가게 앞을 지날 때, 〈아카시아 비가 그칠 때〉라는 옛날 곡이 스피커에서 흘러나왔다. 날카로운 콧날에 느끼한 얼굴의 주인이 신경질적인 표정으로 계산대 앞에 앉아 있는 것이 보였다.

이곳이 아카시아 상점가라는 이름 때문인지 이 가게는 마치 테마송처럼 오래도록 이 곡을 틀고 있다. 가끔 다른 곡을 틀 때도 있지만 주인의 취향인 듯 묘하게 어둡고 느린 곡이 많다. 요즘은 그룹사운드 시대인데.

"숲 속 돈가스, 옹달샘 마늘, 빵빵곤약, 신기한 덴푸라~."

우울한 곡에 지지 않으려는 듯 구니코는 작은 소리로 노래를 부르면서 걸었다. 크게 히트한 〈블루 셔츠〉를 우스꽝스럽게 바꾼 노래였다. 아이들이 자주, 큰 소리로 부르는 것을 듣고 어느새 외워버렸다.

노래를 부르면서 어느 작은 가게 앞을 두세 걸음 지나치다 발길이 딱 멈췄다.

'지금, 혹시.'

기분 탓인지 모른다고 생각하면서 그 자세로 몇 걸음 다시 뒷걸음질쳤다.

그곳은 아주 오래전부터 있던 헌책방이었다. 사치코 서점이란 이름의 가게였는데, 이미 노인에 가까운 주인이 혼자서 꾸려가고 있었다. 사치코는 아주 오래전에 죽은 부인의 이름인 모양이었다.

　　입구 유리창 너머로 안을 들여다보니, 엷은 블루 셔츠를 입은 남자가 서서 책을 읽고 있는 모습이 보였다. 유리창에는 행방불명된 소년을 찾는 종이가 붙어 있었는데, 거기에 가려 얼굴이 잘 보이지 않았다. 하지만 구니코가 그를 못 알아볼 리가 없었다.

　　'역시 사리다!'

　　갑자기 가슴이 울렁거리고 몸이 확 뜨거워졌다. 무슨 행운인가! 하루에 두 번이나 사리를 보게 되다니.

　　구니코는 잠시 망설이다가 이윽고 밀차를 접어 헌책방 벽에 세워두고 때 묻은 앞치마와 구멍 뚫린 목장갑을 벗었다. 머리를 정성스레 손으로 빗고 헛기침을 한 번 한 뒤 입구 유리문을 열었다. 이럴 줄 알았다면 전에 사둔 블라우스를 입고 왔으면 좋았을걸, 하는 생각을 하면서.

　　"아니, 구니짱이 웬일이야!"

　　가게 안에서 신문을 읽던 주인이 놀란 듯 고개를 들었다.

　　혼자 사는 이 노인이 사와야에 위스키를 사러 오는 일은 있어도, 구니코가 이 가게에 들르는 것은 분명 드문 일이다.

"저, 그 뭐더라, 『세이슈의 아내』라는 책 있어요?"

가게 구석에서 책을 읽고 있는 사리의 모습을 힐끗 보고 난 뒤 구니코는 말했다. 요즘 잘 팔린다는 평을 신문에서 보았지만 제목이 잘 생각나지 않았다.

"혹시 『하나오카 세이슈의 아내』 말하는 거야? 그건 막 나온 신간이라서 우리 같은 헌책방까지 오려면 시간이 걸리지."

치켜 올라간 눈썹을 실룩거리면서 주인은 대답했다. 그 눈썹 탓에 이 주인은 늘 언짢아 보인다.

"그건 그렇고 구니짱, 소설 같은 것도 읽는가 보지? 그 뭐라 그랬나, 비틀즈 같은 것들한테 푹 빠져 있다고 오빠한테 들은 적은 있지만."

쓸데없는 말. 혀를 차고 싶은 심정이다. 오빠는 외국 추리소설을 좋아해서 이 가게에 싼 문고판을 사러 자주 왔다. 그때 그런 말을 했을 것이다.

"오빠랑 취향은 다르지만, 저도 꽤 책을 좋아해요."

약간 빼는 목소리로 말하면서 다시 사리 쪽을 보았다.

구니코와 주인의 대화에는 전혀 신경도 쓰지 않고, 그는 유리문 가까이에 있는 책장 앞에 서서 두꺼운 책을 읽고 있었다. 등이 쭉 뻗어, 아름다운 자세였다.

"그러고 보니 구니짱, 지금 잠깐 시간 있나?"

주인은 신문을 접으면서 갑자기 말을 꺼냈다.

이 상점가 안에서 저녁 무렵에 바쁘지 않은 곳은 솔직히 말해서 이 가게 정도일 것이다. 사실을 말하자면 구니코도 빨리 가게로 돌아가야 한다.

"한 10분 정도 가게를 봐줬으면 좋겠는데."

"무슨 일이라도 있으세요?"

"뭘 좀 살 게 있어서. 점심때 잊어먹은 게 있거든."

"10분이라면 괜찮아요. 저도 잠깐 책을 보고 있을게요."

"고맙네."

그렇게 말하면서 주인은 시합에서 이긴 스모 선수가 자주 하는 식의 인사를 하더니, 재빨리 가게를 나가버렸다.

생각지도 않게 둘만 남게 된 가게 안에서, 구니코는 낮은 책장을 사이에 끼고 사리와 등을 마주한 채 서 있었다.

슬쩍 곁눈질해보니 그는 아직도 열심히 책을 읽고 있었다. 도대체 무슨 책을 읽는 것일까? 멀리서 보아하니 삽화 한 점 없는 상당히 활자가 많은 책인 것 같은데.

'말을 걸어볼까.'

전혀 들어본 적도 없는 제목의 소설책을 펼쳐들면서 구니코는 생각했다. 물론 활자의 의미는 전혀 머릿속에 들어오지 않았다. 그저 단순히, 역시 일본어는 참 예뻐, 하고 엉터리 같은 생각만 했다.

갑자기 고교 시절에 좋아했던 남학생이 생각났다.

배구부의 역시, 키가 큰 사람이었다. 옆의 옆 반이었는데 얼굴을 마주칠 일은 별로 없어도, 그 모습을 보게 되면 하루 종일 행복했다.

그러나 구니코가 다녔던 곳은 상업고등학교라서 여학생에 비해 남학생이 압도적으로 적은 곳이었다. 그 탓인지 사랑의 라이벌들이 벌이는 그 투쟁 속에 끼어들 용기 한 번 내보지 못하는 동안 그에게는 같은 반 연인이 생겨버렸다. 결국, 말한마디 나눠보지도 못한 채 구니코의 사랑은 끝이 난 것이다.

아무것도 하지 않는다면 또 그 짝이 날 것이다. 어떻게든 용기를 내봐야겠다고 생각하는 순간 사리가 손에 든 책을 탁 하는 소리와 함께 닫았다.

숨을 죽이고 뒤돌아보니 사리는 책을 책장에 끼우고 있었다. 그리고 작은 기침을 하면서 슬쩍, 이쪽으로 얼굴을 돌렸다. 눈길이 마주치자 그야말로 숨을 쉴 수가 없어 귀까지 빨개지는 것을 구니코는 느꼈다. 그런 낭패스러움을 아는지 모르는지 그는 가벼운 인사를 하고 가게를 나갔다.

'나에게 인사를 해줬어!'

겨우 그것뿐이었는데 마치 세상이 완전히 달라 보이는 느낌이 들었다. 헌책방 주인이 없어서 정말로 다행이라고 생각했다.

도대체 사리는 어떤 책을 읽은 것일까? 구니코는 지금까지 그가 서 있던 책장 앞에 가 섰다.

거기에는 상당히 어려워 보이는 책들로 꽉 차 있었다. 경제 뭔가 하는 것과 비교문학 뭔가의 편람 같은, 평생 자신과는 인연이 닿지 않을 많은 책들이 진열돼 있었다. 어떤 내용인지 상상도 할 수 없는 것들이었다.

의미 불명의 책들을 보다가 구니코는 한 권의 책을 책장에서 꺼냈다.

사리가 보던 책은 분명히 이것일 게다. 책 표지 밑에 굵은 선이 한 줄 들어가 있는 디자인이었으니까 틀림없다. 제목은 『개인판—지옥에서 보낸 한 철 연구』.

'무서운 이야기일까?'

그 제목을 보고 구니코는 어린 시절, 근처 가쿠지사의 주지 스님에게 들었던 지옥의 모습을 떠올렸다. 바늘 산, 피의 연못, 죄를 지은 사람들이 사후에 겪을 괴로움을 주지 스님은 무서운 그림을 보여주며 설명해주었던 것이다.

여기에도 그런 내용이 쓰여 있는 것일까, 하고 생각하면서 펴보니까 지금까지 한 번도 본 적이 없는, 난해한 말들이 눈에 들어왔다. 그 사이사이로 영어인지 프랑스어인지 시 같은 것이 쓰여 있었다.

"우와, 뭐야 이거!"

놀라움의 탄성이 자신도 모르게 입에서 튀어나왔다.

사리는 이런 책을 아무렇지도 않게 읽고 있었던 걸까. 10년을 들여다봐도 자신은 두어 줄도 이해할 것 같지 않았다. 왠지 머리가 빙빙 도는 것 같아서 구니코는 책을 닫아버리려고 했다.

그때 작은 쪽지 하나가 책 중간쯤에 끼어 있는 것을 눈치챘다. 다시 한 번 페이지를 펼쳐서 그 쪽지를 집었다. 약간 두꺼운, 꼭 명함을 세로로 반 자른 것만 한 크기였다. 뒤집어보니 밑에 작은 글씨로 Y. T라는 알파벳이 잉크로 쓰여 있었다.

처음에는 아무 생각도 안 들었다. 헌책방의 책에는 원래 주인의 흔적이 남아 있는 경우가 종종 있다. 예전에, 다른 헌책방에서 산 만화 단행본 속에도 뭔가의 영수증이 끼어 있었던 적이 있다. 분명 이것도 그런 식일 것이다.

그러나 쪽지를 다시 돌려놓고 책을 덮으려던 순간, 갑자기 구니코의 뇌리에 작은 번뜩임이 스쳐 지나갔다.

'이건 어쩌면.'

지금까지 책을 읽고 있던 사람은 사리다. 어쩌면 이걸 끼운 사람은 그일지도 모른다.

책, 제일 뒤 페이지를 보니 5천 엔의 가격표가 붙어 있었다. 비싸다. 캔 맥주 40개를 사고도 거스름돈이 돌아올 금액이다. 어쩌면 귀한 책인지도 모른다.

그 순간 구니코의 머릿속에 떠오른 스토리는, 사랑에 빠진 사람만의 육감이라고 말할 수도 있을 것이다.

어쩌면 그는 이 책이 너무 비싸 사지 못하고 틈나는 대로 이 가게에 들러 조금씩 읽고 있었는지 모른다. 이 종이는 분명 오늘은 여기까지라는 표시다. 그리고 Y. T는 아마 그의 이니셜.

한 번 그런 생각이 드니 그것이 마치 정답인 것 같았다. 구니코는 다시 한 번 그 종이를 손에 들고, 쓰여 있는 글자를 사랑스럽게 바라보았다.

'그래!'

어떤 생각이 떠오르자, 스스로도 우습다는 생각이 들었다. 바보스럽기도 하고 창피스럽기도 했기 때문이다. 하지만 그 생각이 계속 머릿속에서 구르고 있는 동안 왠지 멋진 아이디어 같다는 생각도 드는 것을 보면 인간이란 요상한 존재다.

이 종이가 사리의 책갈피라면 반드시 가까운 시일 내에 그는 이 페이지를 다시 볼 것이다. 그렇다면 여기에 자신의 편지를 끼워두면 어떨까?

직접 사리에게 말을 걸 용기는 도저히 나지 않는다. 그 사람의 눈길이 와 닿는 것만으로도 분명 머릿속은 하얘질 것이다. 그러나 편지라면, 그것도 과장된 표현이 아니라 간단한 한 마디라면.

정신을 차리고 보니 구니코는 둥글게 뭉쳐서 옆구리에 끼고 있던 앞치마 주머니에서 메모용지와 연필을 꺼내고 있었다. 빨리 하지 않으면 주인이 돌아온다.

하지만 대체 무엇을 쓰면 좋을까. 구니코는 필사적으로 머리를 짜내면서 몇 번이나 잘못 쓴 종이를 구겼다.

그리고 겨우 선택한 한 마디는, '어려운 책이군요. K. K.'

정말 전하고 싶은 말은 따로 있었지만 그걸 처음부터 쓸 수는 없는 일이다. 이런 별 뜻 없는 말이 가장 좋을 것 같았다.

책갈피가 끼어 있던 그 페이지에 그 종이를 같이 끼워 넣고 난 뒤 구니코는 서둘러 책을 책장에 돌려놓았다.

'알아줄까?'

그렇게 생각하고 있을 때 가게 주인이 돌아왔다. 뭘 사러 간다고 했는데 손에는 아무것도 들려 있지 않았다.

* * *

3일 후 점심때, 구니코는 사치코 서점에 들렀다.

실은 다음 날 당장 들르고 싶었지만 너무 계속해서 얼굴을 내밀면 이상하게 여길 것 같아서 일부러 틈을 두었던 것이다.

그러나 걱정한 대로 유리문을 열고 들어온 구니코를 보며 주인은 의외라는 표정을 지었다.

"웬일이야. 구니짱이 이렇게 자주 얼굴을 내밀다니."

"오빠가 부탁해서……. 새로 나온 크리스 책이 있는지 물어보라고 해서요."

아무 부탁도 받지 않았지만 거짓말도 하나의 방편이다.

"크리스가 아니라 크리스티야. 아아, 그러고 보니 어제 도매상에서 가져온 것 중에 포와로 시리즈가 있었는데. 잠깐 기다려봐."

그렇게 말하면서 주인은 뒤를 돌았다.

늘 앉아 있는 책상 바로 뒤는 방이었는데, 아직 끈도 풀지 않은 헌책 더미가 몇 개나 쌓여 있었다. 주인이 그중에서 몇 권의 책을 꺼내는 틈을 타, 구니코는 그 책이 끼어 있는 책장 앞에 섰다.

『개인판—지옥에서 보낸 한 철 연구』는 아직 팔리지 않고 그 자리에 있었다. 그것을 재빨리 꺼내 들고 초조한 기분으로 페이지를 넘기니, 자신이 끼워 넣은 종이가 사라지고 없었다. 전에 본 흰 종이는 그대로 있었지만.

'그 사람이 봤을까?'

왠지 두근거리는 가슴을 진정시켜가며 그 흰 종이를 집어 들었다. 틀림없이 전에 본 종이라고 생각했는데 자세히 보니 아니었다.

'당신은 누구십니까? Y. T.'

아름다운 글씨체로 쓰여 있는 그 글을 보자마자 구니코는 소리를 지를 뻔했다. 당신은 누구십니까, 틀림없이 그 사람은 자신이 끼워 넣은 종이를 봤던 것이다. 그래서 이렇게 대답을 해준 것이다.

구니코는 왠지 눈물이 배어나오는 것을 느끼며 그 글자를 몇 번이고 들여다봤다.

"구니짱, 그 책에 흥미가 있는가?"

주인의 말에 구니코는 얼굴을 들었다. 가게 주인은 길쭉한 두 권의 책을 손에 든 채 자신을 보고 있었다.

"그냥 재미있어 보여서요."

갑자기 젖어버린 눈가를 손가락으로 훔치면서 구니코는 대답했다.

"놀랐는데. 구니짱이 랭보 같은 걸 읽다니. 약간 의외라는 생각도 들지만."

주인은 진지한 말투였다.

"그럼요. 전 어릴 때부터 랭보를 좋아했어요."

랭보가 어디 사는 누군지는 모르지만 될 대로 되라는 식으로 그렇게 대답해버렸다. 『소년 탐정단』 시리즈를 쓴 사람인가? 아니다, 그건 에도가와 란포다.

"어릴 적부터? 그거야말로 대단한데."

주인은 가까이에 있던 하이라이트 담뱃갑을 집어 한 대 물고, 불을 붙이면서 말했다.

"잠깐 읽은 것만으로 눈물을 흘릴 정도니, 그 책이 대단히 마음에 들었나 보군. 싼 책은 아니지만 구니짱이라면 조금 깎아줄 수 있지. 단, 사는 건 조금 기다려줘야 하지만."

주인이 알 수 없는 말을 하였다.

"왜요?"

"사실 지금 그 책을 서서 읽고 있는 사람이 있어서. 최근에 이 근처로 이사 왔는데 다카다 군이라는 대학원생이야. 학생이 무슨 돈이 있겠어. 매일 여기에 와서 조금씩 읽고 가는 거지. 아, 그래. 전에 구니짱이 들렀을 때에도 가게에 있었는데, 기억 안 나나?"

구니코는 일부러 고개를 갸웃거리는 척했지만 심장의 고동은 멋대로 빨라졌다. 사리는 다카다인 모양이다.

"만약 그 책이 필요하면 가능한 한 그 학생이 다 읽을 때까지 기다려줬으면 좋겠는데."

늘 언짢은 표정을 짓고 있어도 주인은 의외로 따뜻한 인간이었다. 안도감을 느끼면서 대답했다.

"그런 사정이라면 할 수 없지요."

오빠를 위해 크리스티의 책을 두 권 사 들고, 헌책방 유리문을 열고 나가면서 구니코는 자신도 모르게 미소를 지었다. 역시 자신의 생각이 틀리지 않았기 때문이다.

'다카다 군이구나. 이름은 뭘까. Y니까 유지, 아니면 요스케 씨인가?'

쉽사리 지워지지 않는 미소를 흘리며 구니코는 상점가를 걸었다. 자연스레 그 웃긴 노래가 입가에서 흘러나왔다.

"숲 속 돈가스, 옹달샘 마을, 빵빵곤약, 신기한 덴푸라~."

'당신은 누구십니까?'―이 질문에 뭐라고 대답해야 할지 고민하고 또 고민했다.

갑자기 자신의 정체를 밝히는 것은 너무 창피하다는 생각이 들었다. 우선 『개인판―지옥에서 보낸 한 철 연구』에 끼워 넣어야 하는 만큼 상세한 내용은 적을 수도 없다. 사치코 서점에 들르는 다른 손님이 그 종이를 볼 가능성도 충분히 있기 때문이다.

대답은 색종이를 명함 정도의 크기로 자른 뒷면에 적기로 했다. 적어도 그 정도의 여성스러움은 표현하는 것이 좋겠다는 생각이 들어서였다.

'당신을 사랑하고 있는 여자입니다.'

색종이 뒷면에 최대한 정중한 글씨로 써보았다. 순간 얼굴에서 피가 거꾸로 솟구치는 것 같은 느낌이 들어 서둘러 종이를 구겨버렸다.

'안 돼! 갑자기.'

방에 혼자 있는데도 당황스러워 주위를 둘러보았다. 혹시나 해서 종이를 잘게 찢어 쓰레기통에 버렸다.

'당신을 존경하고 있는 여자입니다.'

이어서 그렇게 써보았다. 아까보다는 다소 수치감이 줄어들었다. 하지만 너무 생생해서 품위가 없는 것 같았다. 좀 더 부드러운 표현은 없는 것일까. 그래! 여자라는 표현이 잘못된 것이다.

'당신을 존경하고 있는 사람입니다.'

사람이라는 말의 딱딱함이, 자신이 진정으로 전하고 싶은 생각을 적당히 희석해주는 것처럼 느껴졌다.

'이게 좋겠어.'

언젠가는 제일 처음에 썼던 말을 전할 수 있는 날이 올지도 모른다. 하지만 갑자기, 처음부터 그렇게 말해서는 안 된다. 천 리 길도 한 걸음부터. 처음에는 뭐든지 조심스러운 것이 좋다.

'당신을 존경하고 있는 사람입니다.'

몇 번이고 같은 말을 색종이에 써본 뒤 제일 잘 쓴 것을 골랐다. 사리가 이 종이를 보고 부드러운 답을 주었으면 좋겠다고, 가쿠지사를 향해 빌었다.

다음 날 저녁 무렵, 색종이에 쓴 대답을 주머니에 숨겨 넣고 구니코는 사치코 서점으로 향했다.

저녁 무렵이라고는 해도 아직 이른 시간인데, 가게 안에는 드물게도 손님들이 몇 명 있었다. 어딘지 학자풍의 분위기가 나는 사람을 상대하는 데 몰두하고 있던 주인은 가게 안으로 들어서는 구니코를 보고도 가볍게 고개만 끄덕였을 뿐 눈길도 주지 않았다. 구니코에게 있어서는 그러는 편이 더 수월했다.

재빨리 책장에서 『개인판―지옥에서 보낸 한 철 연구』를 빼낸 뒤, 슬쩍 책장 뒤로 돌아갔다. 주인이 있는 곳과 가까웠지만 위치적으로는 쉽게 볼 수 없는 장소였다.

책갈피가 있던 페이지를 펴보니, 거기에는 '당신은 누구십니까?'라고 쓰인 종이가 여전히 그대로 끼워져 있었다. 구니코는 재빨리 그 종이를 집어 들고, 대신 자신이 쓴 색종이 책갈피를 끼웠다. 이러면 분명히 사리가 볼 것이 틀림없었다.

놀랍게도 대답은 곧바로 왔다.

이틀 후, 다시 사치코 서점에 들러 역시 주인의 눈길을 피하며 몰래 책을 펴보니, 자신의 책갈피 대신 전과 같은 종이가 끼워져 있었던 것이다.

'기쁘군요. Y. T.'

그 글을 보고 구니코의 가슴은 전보다 더 세차게 뛰었다. 그 사람이 자신의 존재를 인정해주었다고 생각하니, 그야말로 하늘로 올라가는 기분이었다.

그로부터 구니코는 사흘마다 사치코 서점에 들렀다. 사실 매일 가보고 싶었지만 주인의 눈길을 의식하지 않을 수 없었다. 지금까지 책에 거의 관심도 보이지 않던 인간이 갑자기 매일같이 얼굴을 들이민다면 어쨌거나 이상하게 여길 게 틀림없다.

실제로 주인에게 한 마디 들은 적도 있다.

"구니짱, 요즘 자주 들르는데."

하지만 그 대답은 이미 준비해두었다.

"그 책 비싸잖아요. 그래서 저도 그 학생처럼 조금씩 읽기로 했어요. 그렇게 하면 돈이 들지 않잖아요."

"이거 참, 다들 그러면 장사가 되나. 아예 둘이서 돈을 합쳐서 사는 방법도 있잖아."

"어머나, 그런 농담 하지 마세요. 전 그 학생이 어떤 사람인지도 모르는데."

일부러 시치미를 떼며 그렇게 대답했다.

"다카다 군 말이지. 나도 잘 모르지만, 보기에는 예의가 바른 좋은 청년이지."

주인은 그렇게 말하며, 왠지 따뜻한 미소를 지어 보였다.

＊　＊　＊

그 이후로 기묘한 책갈피 왕래가 이어졌다.

역 게시판에 전달할 메모를 남기듯 구니코는 자신에 대해서는 가능한 한 구체적으로 쓰지 않으려고 노력했다. 그도 그렇게 생각했는지 스스럼없이 할 수 있는 말만 썼다.

'당신도 랭보를 좋아합니까? Y. T.'

'공부 중입니다. K. K.'

'랭보는 멋지지요. Y. T.'

'정말 그러네요. K. K.'

겨우 그 말을 하는 데 2주일이 걸렸다. 하지만 지금껏 느껴
보지 못한 행복한 2주일이었다.

그 책갈피 왕래에 작은 변화가 일어난 것은 그가 이런 말을
쓰면서 시작되었다.

'당신은 여성입니까? Y. T.'

지난번 '정말 그러네요'라는 어딘가 여성적인 표현을 무의
식적으로 써 보낸 후의 물음이었다.

그것을 읽었을 때, 구니코는 약간 난처했다. 일부러 예쁜
색종이에 썼는데도 지금까지 여자임을 알아채지 못한 모양이
다. 분명 자신의 글씨가 예쁘지 않기 때문이었을 것이다. 구
니코는 지금까지 이상으로 공을 들여 답변을 썼다.

'스물세 살의 여성입니다. K. K'

그러자 며칠 후, 책 사이에 약간 큰 종이가 들어 있었다. 책
갈피라기보다는 반듯한 편지였다.

'실례되는 질문을 하여 죄송합니다. 랭보를 연구하는 여성
이 드물어서요. 화가 나셨다면 기분을 풀어주셨으면 합니다.'

어째서 그 몇 마디에 자신이 화가 났다고 생각한 것일까? 구니코는 그 편지를 보면서 생각했다.

분명히 그는 타인의 마음을 깊이 생각하는, 배려 깊고 상냥한 사람일 것이다. 애초부터 그런 무례한 통신에 반듯한 대답을 써준 것만 봐도 모르는 타인의 마음까지 소중하게 생각한다는 증거일 것이다. 그런 사람은 별로 없다.

'조금도 화 같은 건 나지 않았습니다. 제 글씨가 너무 서툰 것이 문제입니다. 열심히 쓰기는 했지만요. K. K.'

구니코의 이 편지에 대한 답장은 이랬다.

'당신의 글씨에는 마음이 가득 담겨 있습니다. 부드럽고 상냥하여 보는 것만으로도 안심이 됩니다. Y. T.'

이 문구를 읽자마자 구니코는 그 자리에서 뛰어오를 것 같은 기분이 들었다. 자신이 어디의 누구라고도 말하지 않았는데, 사리에게 특별한 대접을 받은 것처럼 느껴졌기 때문이다.

그 이후, 그의 글 속에서 신비한 친밀감을 느끼게 되었다. 마음속에 다가오는 부드러운 표현이 많아졌다.

'요즘은 완전히 가을다워졌군요. 가을 하늘은 아주 맑아서 저는 정말 좋아합니다. Y. T.'

'저도 정말 좋아합니다. 물끄러미 바라보고 있으면 빨려들어갈 것 같은 느낌이 듭니다. K. K.'

'당신은 비행기를 타본 적이 있습니까? 비행기로 가을 하늘

을 날면 정말로 멋집니다. Y. T.'

'없습니다. 당신은 있나 보군요. 부럽습니다. K. K.'

'비행기는 훌륭합니다. 굉장한 자유를 느끼게 합니다. 하지만 오랫동안 날고 있다 보면, 이상하게도 땅이 그리워지기도 합니다. Y. T.'

'분명히 그것은 인간이기 때문일 것입니다. 새는 어떨까요? 역시 땅이 그리워진다거나 할까요? K. K.'

책갈피 왕래는 약 2개월 정도 이어졌다. 그 전부를 이어 붙인다 해도 말로 하면 고작 5분 안에 끝낼 수 있을 만큼 짧은 대화였다. 하지만 시간을 들였기 때문에 더욱 상대방의 말 하나하나가 사랑스러웠다.

구니코는 그에게 받은 책갈피를 모두 소중하게 간직하며 매일 들여다보았다. 한 장 한 장 눈길을 주다 보면 때때로 기묘한 착각을 일으킬 때가 있다. 어쩌면 사실 그는, 노인이 아닐까 하는 착각이 바로 그것이다.

그렇게 느낀 것은 그가 사용하고 있는 단어들이 꽤 예스러웠기 때문이다. 지금은 사용하지 않는 문체를 그는 극히 당연한 듯 사용하고 있었다.

어째서 그런 식으로 쓸까, 아무리 생각해도 알 수가 없었다. 하지만 고민하는 동안 머리가 좋은 사람은 지금도 여전히 멋으로 그런 문체를 사용하는 모양이라고 해석하게 되었다.

사실『개인판—지옥에서 보낸 한 철 연구』속의 문장도 그런 문체로 쓰여 있다. 어쩌면 그는 그것을 흉내 냈는지 모른다.

그러는 동안에도 구니코는 사리의 모습을 상점가에서 만나고 있었다. 그는 늘 똑바른 자세로, 등을 쫙 펴고 앞만 바라보며 걸어갔다. 때때로 용기를 내서 말을 걸어보고 싶을 때도 있었지만 실행으로 옮기지는 않았다. 자신의 모습을 드러내면, 어쩌면 거기서 책갈피 왕래가 끝이 나버릴 것 같은 생각이 들었기 때문이다.

* * *

구니코의 사랑이 기묘한 끝맺음을 맞이한 것은 10월 말이었다.

그날도 오빠와 어머니는 신노초의 병원에 가고 없어서 구니코 혼자서 가게를 지키고 있었다. 아침부터 비가 내린 탓인지 가게는 한가했다. 구니코는 때때로 계산대 밑 서랍에서 작고 얇은 주머니를 꺼내들고, 안을 들여다보며 혼자서 미소를 지었다. 주머니 안에 들어 있는 것은 성모 마리아의 그림엽서였다. 일부러 긴자까지 가서 사온 것이다.

'기뻐해줄까.'

그림엽서를 그 책에 끼워 넣는 것을 상상하자, 가슴이 두근거렸다. 늘 사용하던 색종이보다 더 컸기 때문에 사치코 서점의 주인이 보지 못하도록 신경을 써야만 한다. 하지만 그 점은 걱정하지 않아도 될 것 같다. 2개월 가까운 책갈피 왕래를 통해, 주인의 눈길을 피하는 데는 익숙해졌기 때문이다.

그가 규슈의 미야자키 출신이라는 것과 올해 나이가 스물네 살이며, 11월 초가 생일이라는 것을 구니코가 안 것은 며칠 전 일이다. 늘 배려에 넘치는 말들을 주고받으면서 화제가 자연히 그쪽으로 흘렀기 때문이다.

'생일에 뭔가 선물하고 싶은데요. 무엇이 좋을까요?'

살짝 흥분하여 쓴 구니코의 책갈피를 보고, 당장에 대답이 왔다.

'정말로 감사합니다. 하지만 책에 끼워 넣을 수 있는 것이 아니면 안 되겠지요. 그렇다면 염치 불고하고 성모 마리아의 그림엽서를 소망합니다.'

그 말에 구니코는 조금 의외라고 느꼈다. 사리는 아무래도 크리스천인 모양이다.

번화한 아카시아 상점가 안에서도 성모 마리아의 그림엽서를 구할 수 없었기 때문에 구니코는 긴자까지 사러 나갔다. 전에 기독교 서점에서 팔던 것을 기억해냈던 것이다.

그 그림엽서를 사면서 구니코는 한 가지 결심을 하였다.

그림엽서 뒷면에 이름을 쓰자. 그의 생일을 기회로 자신의 정체를 알리자. 그렇게 결심한 것이다.

위험한 일이라는 것은 충분히 알고 있다. 이대로 책갈피 왕래를 하고 지내는 쪽이 더 행복할 수도 있다. 하지만 용기를 내지 않으면 아무것도 바뀌지 않는다.

성모 마리아의 유백색 얼굴을 바라보며, 구니코는 자신의 행복을 빌었다.

오빠와 어머니가 돌아오자마자 구니코는 바로 사치코 서점으로 달려갈 것이다. 그리고 이름을 써둔, 그 그림엽서를 그 책에 끼우고 오는 것이다. 그런 생각을 하고 있을 때 마치 이때를 단단히 노리기라도 한 듯 트랜지스터라디오에서 슬픈 멜로디가 흘러나왔다.

그 곡을 구니코는 잘 알고 있었다. 더 타이거즈의 〈모나리자의 미소〉였다.

평소였다면 기뻐했을 그 곡이 이때만큼은 귀에 거슬렸다. 이 곡은 너무 슬프다. 비가 추적추적 내리는 일요일에, 돌아오지 않는 연인을 혼자서 기다리는 노래이니까.

'뭔가 타이밍이 나쁜데.'

그렇게 생각한 다음 순간 정말로 슬픔은 찾아왔다.

사리가 훌쩍 가게 안으로 들어온 것이다. 키 작은 귀여운 여자를 데리고.

그 모습에 구니코는 자신도 모르게 소리를 지를 뻔했다. 하지만 재빨리 숨을 멈추고 필사적으로 혀를 깨물었다.

"포켓 사이즈 위스키하고 탄산수 두 병 주세요."

구니코는 잠시 멍한 상태여서 그 말이 잘 들리지 않았다.

"여보세요, 들었습니까?"

"앗, 네!"

구니코는 당황하여 냉장고에서 탄산수 병을 꺼냈다.

"게이지 씨, 굳이 탄산수를 사는 것보다 콜라도 괜찮잖아?"

"콜라 같은 건 머리가 나쁜 사람들이나 마시는 거야."

사리의 말투는 뜻밖에도 냉담했다. 걸프렌드 앞에서 잘난 척하는 것인지는 모르겠지만 어딘가 아니꼽고 역겨워서 듣기가 민망했다. 책갈피에 쓰여 있던 말들의 성실한 분위기와는 너무도 달랐다.

"이 곡, 타이거즈네."

무심코 여자가 말했다.

"한심한. 이런 건 음악이라고 할 수도 없어."

설마 자신이 그 멤버의 이름으로 불렸다는 것도 모르고, 사리는 내뱉듯 말했다.

"그저 소음일 뿐이야."

자신이 그려왔던 사리와는 완전히 다른 사람이었다.

설령 자신이 싫어하는 것이라도 구니코 마음속에 있는 사리라면 이런 식으로 다른 사람 앞에서 험담하지는 않을 것이다. 알지도 못하는 타인의 마음까지 배려하는 상냥한 사람이기 때문에.

구니코가 주문받은 물품을 종이봉지에 넣고 건네주자, 사리는 꾸깃꾸깃한 500엔 지폐를 던지듯이 계산대 위에 놓았다. 돈이나 장사치를 가볍게 보는 그 태도도 자신이 생각하고 있던 사리와는 큰 벽이 있었다.

'……이런 사람이었나?'

여자와 팔짱을 끼고 나가는 사리의 뒷모습을 보면서 구니코는 생각했다.

사리는 자신이 생각하고 있던 사람이 아니었다. 게다가 저렇게 귀여운 애인까지 있었다. 애초부터 자신과는 인연이 없는 사람이었던 것이다. 문득 중대한 사실을 눈치챈 것은 그런 생각을 하고 있을 때였다.

여자는 그를 '게이지'라고 불렀다. 『개인판―지옥에서 보낸 한 철 연구』에 끼어 있던 책갈피의 주인은 Y. T. 성이 다카다니까 T는 맞지만 게이지는 아무리 생각해도 Y가 될 수 없었다.

'그 사람……이 아니야?'

지금까지 자신이 사리라고 믿어왔던 책갈피 왕래 상대가 그가 아니었다는 소리일까? 그 순간 지금까지 느끼지 못했던 기묘한 감각이 구니코를 엄습했다. 갑자기 여기가 아닌 다른 곳에서 자신의 이름이 불리고 있는 것 같았다.

'뭐야, 이건?'

누군가 자신을 부르고 있었다. 아주 먼 곳에서, 하지만 확실하게 자신을 부르고 있었다.

갑자기 머릿속에서 그 책이 떠올랐다. 왠지 앉을 수도 설 수도 없는 기분이 들어 가게를 내팽개치고 밖으로 뛰쳐나왔다. 그리고 그대로 단숨에, 사치코 서점으로 뛰어들었다.

"무슨 일이야, 허옇게 질려서."

가게 안에 있던 주인이 놀라서 물었지만 아무런 대답도 하지 않고 책장에서『개인판―지옥에서 보낸 한 철 연구』를 빼냈다. 책장에서 책을 빼들고 페이지를 넘기니, 평상시보다 약간 큰 종이가 끼워져 있었다. 어제 봤을 때는 없었던 종이다.

구니코는 그것을 펼쳐 재빨리 읽었다.

모르는 그대에게.

갑자기 중대한 임무를 맡게 되었습니다. 내일, 저는 떠나야만 합니다. 짧은 기간이었지만 진정으로 즐거웠습니다. 당신이 어디의 누군지, 끝내 알지는 못했지만 아마도 사지로 향하는 나의 신세를 불쌍히 여겨, 주님이 보내주신 분이라고 생각합니다. 마음이 아름다운 당신에게 무한한 행복이 깃들기를.

― 다테와키 요이치로

그 글씨체는 지금까지 보아왔던 책갈피의 그것과 같은 것
이었다. 하지만 다테와키 요이치로라니, 들어본 적도 없었다.

구니코는 문득 무언가가 떠올라, 책 표지를 봤다.

'개인판―지옥에서 보낸 한 철 연구.'

'다테와키 요이치로 저.'

그 저자명을 봤을 때, 차가운 손이 목덜미를 쓰다듬는 느낌
이 들었다. 대체 이것은 어찌 된 일일까?

"아저씨, 이 책을 쓴 사람이……."

"뭐야, 구니짱. 다테와키를 모르다니, 이 책 갖고 싶어하지
않았나?"

주인이 어이없다는 목소리로 말했다.

"랭보처럼 조숙한 천재로 불렸던 연구가인데 가미카제 특
공대로 나갔다가 죽었지, 분명히."

주인은 천천히 일어나더니, 가게 안의 책장 사이를 돌아다
니다 한 권의 책을 찾아왔다.

『산화―가미카제 특공대의 기록 3』이라고 쓰인 얇은 책이
었다.

"아마도 이 책에 사진이 있을 텐데."

주인은 안경을 끼고 그 책의 페이지를 넘기기 시작했다.

"이것 봐, 이 사람이야."

그렇게 말하면서 주인은 펼쳐진 페이지를 구니코에게 보여주었다. 상태가 나쁜 사진이었는데, 상고머리에 학생복 차림의 남자가 조그맣게 찍혀 있었다. 그래도 부드러운 눈을 갖고 있다는 것은 충분히 알 수 있었다.

사진 옆에 간단한 경력이 나와 있었다.

'다테와키 요이치로―미야자키 현 출신. 동경제국대학 불문과 재학 시, 프랑스 시인 랭보에 관한 연구서를 발표하여 조숙한 천재라 불렸다. 졸업과 동시에 지원하여 제○○기 해군 비행과 예비학생으로 입대했다. 쇼와 19년(1944년) 10월 25일, 필리핀 해전에서 가미카제 특공대의 일원으로 연합군 구축함에 돌입을 감행, 24세의 생애를 끝냈다.'

그 설명을 읽으면서 구니코는 머릿속이 크게 흔들리는 느낌을 받았다.

이건, 뭔가 잘못된 것이든지 누군가의 장난임이 틀림없다. 자신이 책갈피 왕래를 했던 사람이 이미 몇십 년 전에 죽은 가미카제 특공대의 대원이라니, 게다가 오늘은 10월 25일.

"이 책은, 이 사람이 생전에 출판했던 단 한 권의 저서지. 나도 아직 젊었을 때였기 때문에 기억하고 있는데, 천재가 나타났다고 난리도 아니었거든. 어쨌든 이 책을 낸 것도 그가 아직 스무 살이었을 때니까."

주인은 그 책의 표면을 소중하게 쓰다듬으면서 말했다.

"물자가 부족했던 시대였으니까 이 책이 인쇄된 것도 한 100부 정도라고 하더군. 그래서 이 책이 아주 귀중하게 된 거지. 구니짱은 잘 알고 있을 거라고 생각했는데."

구니코는 아무 대답도 할 수가 없었다. 잠시 후, 슬쩍 주인에게 물어보았다.

"이 사람, 군대까지 자기 책을 가져갔을까요?"

"갖고 가지 않았을까. 분명 가장 소중한 보물이었을 테니."

"그렇다면 분명 이 책이었을 거예요."

천재로 불렸던 청년이 어두운 등불 밑에서 이 책을 펼쳐들고, 작은 색종이를 꺼내고 있는 광경이 왠지, 구니코에게는 보이는 것 같았다.

"설마……."

"아니요, 이 책이에요. 다테와키 씨가 죽기 전까지 갖고 있었던 것은 이 책이 틀림없어요. 그리고 단 하나의 유품으로 남긴 거예요. 어째서 이 책이 헌책방으로 흘러들었는지는 모르겠지만…… 틀림없어요, 분명해요."

"왜 그렇게 생각하지?"

주인은 안경을 벗고 이상스럽다는 표정을 지었다.

"……그냥요."

구니코는 그 책을, 가슴속에 힘껏, 힘껏 품었다.

그날 밤, 구니코는 자신의 방에서 지금까지 그에게서 받은 책갈피 종이를 나란히 늘어놓고 들여다보았다.

이상하게도 그 모든 것이 어느새 긴 시간을 보낸 것처럼 갈색으로 변색되어 잉크 문자가 사라지고 있었다. 이상한 마법에서 풀려나 순식간에 본래의 시간을 회복한 것으로도 보였다.

대체 어떤 신비가 그 책에 작용한 것인지 알 수가 없었다. 분명히 자신의 머리로는, 몇십 년이 걸려도 알 수가 없을 것이다. 하지만 아주 잠시 동안, 쇼와 19년과 42년을 넘나드는 힘을 가졌던 것은 틀림없다고 구니코는 믿었다. 어쩌면 다테와키가 말한 것처럼 정말로 신의 힘이 작용했는지도 모른다.

결국 『개인판—지옥에서 보낸 한 철 연구』는 구니코에게 팔렸다. 이후 그녀는 수차례 인생의 변화를 맞았지만 구니코가 더 타이거즈의 레코드와 이 책을 손에서 놓는 일은 절대로 없었다.

그녀는 지금 환갑을 맞는다.

여자의 마음

평소에는 상쾌한 출입구 벨 소리가 어딘가 불안스럽게 들렸다.

'왔군!'

아카시아 상점가의 중앙 통로에서 약간 벗어난 좁은 골목길, 그곳에 자색 간판을 걸고 있는 작은 스낵바 '가스미소'의 주방에서 우엉조림을 하고 있던 하츠에는 붉은색 노렌* 사이로 얼굴을 내밀고 가게 안을 살폈다.

예상대로 문 앞에는 콧김을 거칠게 내뿜으며 마사오가 서 있었다. '준비 중'이라는 푯말이 무색할 지경이었다.

"죄송합니다, 가게는 5시 반부터예요. 뭐야, 마사오잖아."

● 천으로 된 발.

일부러 태연한 척하며 하츠에가 말했다.

"도요코가 여기 왔지?"

아직 오후 3시밖에 안 됐는데 마사오는 얼굴이 벌겋게 되어 술 냄새를 풀풀 풍기고 있었다. 변변한 벌이도 없는 주제에 팔자가 늘어진 사람이다.

"마키짱? 아니, 아직 안 왔는데."

마키는 도요코가 이 가게에서 일할 때 쓰던 이름이다. 술집 여자에게 붙이는 세련된 이름이라고 할 수 있을 만큼 대단한 것은 아니지만, 도요코라는 이름은 어딘가 촌스럽다고 본인이 붙인 이름이다.

"숨기지 마. 어차피 2층에 있을 테니까."

여덟 개의 의자가 놓여 있는 좁은 카운터 옆을 지나 마사오는 주방 앞에 있는 계단을 막 오르려 하고 있었다.

"잠깐, 뭐하는 거야!"

하츠에는 그의 팔을 잡아끌었다.

"여기서부터는 흙발로는 못 들어가. 그리고 누가 멋대로 남의 집에 올라가랬어?"

계단 앞에는 작지만 구두를 벗는 장소가 있었고, 위층은 하츠에의 살림집이었다. 다다미 여섯 장짜리 방 두 칸과 화장실밖에 없는 좁은 집이지만 초등학생 아이 둘과 지내기에 특별히 불편한 점은 없었다.

"난 도요코한테 볼일이 있거든."

"그러니까, 오지 않았다고 했잖아!"

"어이, 도요코! 거기 있지!"

하츠에의 머리 너머로 2층을 향해 마사오가 소리쳤다.

"좀 조용히 하라고! 오늘은 작은 녀석이 감기에 걸려서 자고 있단 말이야!"

하츠에는 그의 몸을 밀치려고 했지만 마사오는 키 1미터 65센티미터—남자치고는 별로 큰 편이 아니라 해도 역시 여자힘으로는 당할 수가 없었다.

"어이, 마치코, 아빠다!"

그때 계단 위에서 초등학교 3학년인 쇼지가 얼굴을 내밀었다. 약한 기침을 콜록콜록하면서 어딘가 졸려 보이는 얼굴을 하고 있었다.

"엄마, 무슨 일이에요? 시끄러워서 잠이 안 와요."

"저 봐, 깨버렸잖아."

마사오는 잠시 당황스러운 표정을 지었다. 본바탕은 단순한 편이라 속기 쉬운 성격인 것이다.

"도요코가 마치코를 데리고 집을 나가버렸어. 만나면 집으로 돌아오라고 해요."

"나가다니, 당신 또 무슨 짓을 저질렀는데?"

"마담하고는 상관없는 일이야!"

마사오는 그 말만 하고 가게를 나갔다. 사실은 또 마작을 해서 상당한 빚을 졌다는 것을 하츠에는 이미 알고 있었다.

축 처진 남자의 등이 멀어지는 것을 확인한 후에, 하츠에는 새삼스레 문을 열쇠로 잠갔다. 아까 잠그지 않은 것은 일부러 그런 것이다. 도요코가 없어지면 곧장 여기로 달려올 것이 틀림없었다. 만약 열쇠로 잠그기라도 했다면 흥분한 마사오가 문을 부셔버렸을 것이다.

"겨우 보냈어."

2층으로 올라온 하츠에가 작은 한숨을 내쉬며 말했다. 도요코는 TV가 있는 거실 쪽에 네 살 난 마치코를 안고 앉아 있었다.

"죄송해요, 마담."

울먹이며 도요코가 머리를 숙였다. 아직 스물여덟 살밖에 안 됐는데 생기가 느껴지지 않았다. 마사오의 주먹에 맞았다는 뺨이 빨갛게 부어 있었다.

"정말이지, 부부싸움 하는 건 자유지만 매번 우리 집으로 오는 건 너무하잖아."

"정말 죄송해요……. 전 마담밖에 의지할 데가 없어서."

도요코는 원래 홋카이도 출신이다. 취직을 하겠다고 상경해서 제일 처음 한 일이 백화점 점원이었다. 이윽고 물장사에 발을 들여놓았고, 우여곡절 끝에 이 동네로 흘러들어왔다. 본인은 드라마틱한 인생을 산 것처럼 말하지만 하츠에가 보기에는 그리 특별할 것도 없는 패턴이다.

5년쯤 전에 '가스미소'에서 일했던 것도 두 달 정도밖에 되지 않는다. 그 무렵 사귀기 시작했던 마사오가 자신의 여자한테 물장사를 시키는 것은 체면 문제라며 그만두게 했던 것이다.

그렇게 제멋대로 그만두었으면서 도요코는 지금도 무슨 일이 생기면 곧장 하츠에를 의지하며 찾아온다. 정말이지 귀찮은 일이다.

"우리 쇼지 덕분이네."

하츠에는 마치코와 놀고 있는 아들에게 말했다.

"헤헤, 그런 건 식은 죽 먹기지. 마사오 아저씨가 왔을 때 마치코한테 〈늑대와 일곱 마리의 양 놀이〉를 하자고 했어. 누가 이름을 불러도 절대로 대답하면 안 된다고."

내 자식이지만 머리 회전이 상당히 빠른 녀석이라고 생각한다. 마사오가 2층을 향해 소리를 질렀을 때, 마치코가 대답을 했다면 모든 게 수포로 돌아갔을 것이다.

"그건 그렇고…… 마키짱도 확실히 하는 게 어때? 이대로는 마치코가 너무 불쌍하잖아."

어른들의 대화라는 것을 느낀 쇼지가 재치 있게 마치코를 데리고 옆방으로 갔다. 정말로 저 영리함은 누구를 닮은 것일까. 형편없는 부모를 보고 배운 처세술인 것일까.

"나 같으면 그런 남자, 확실하게 잘라버릴 텐데."

하츠에는 실제로 한참 전에 남편과 갈라섰다.

남편은 평소에는 선량한 남자였지만 일정량 이상의 술이 들어가면 사람이 완전히 바뀌어버리는 인간이었다. 그래도 꿋꿋이 참아보려다가 아직 어린 아이들한테까지 손대는 것을 보고 깨끗하게 인연을 끊어버렸다. 지금은 가와사키 어딘가에서 살고 있다고 하는데, 이쪽에서 먼저 연락을 취할 일은 전혀 없었다.

"저래도, 좋은 면도 있어요."

"어디가? 변변한 일도 하나 없으면서 대낮부터 술에 절어 사는데."

소중한 여자의 얼굴에까지 손을 대는데도 마사오를 변명하는 도요코를 보고, 하츠에는 화가 치밀었다. 물론 마사오가 TV 드라마 〈키 헌터〉에 나오는 다니 하야토를 약간 닮긴 했다는 사실은 알고 있었다.

"마키짱, 겉모습에 속아서는 안 돼. 겉으로는 아무리 좋아 보여도, 안 되는 인간은 끝까지 안 된다니까."

"마담은 잘 모르겠지만 그 사람, 좋은 사람이에요. 마치코하고도 잘 놀아주고."

"자기 자식인데 당연한 거 아니야?"

하츠에는 머리끝으로 피가 솟구치는 것 같았다.

　정말이지, 이런 '여자의 마음'은 알 수가 없다. 막돼먹은 남자가 언젠가는 반성을 하고, 사람이 달라져 성실하게 살 날이 올 것이라고, 아무 근거도 없이 믿고 있는 것이다.

　하츠에가 이런 스낵바를 연 것은 서른 살 때였다. 그때까지 여러 가게를 거치면서 여러 여자들을 보아왔는데 후에 자신의 가게를 연다든지, 또는 좋은 남자를 만나 결혼하고 평범한 주부의 자리에 앉는 여자들(이 두 가지 길은 물장사하는 여자들의 목표라고 말할 수 있다)에게는 어떤 공통된 일면이 있었다.

　그것은 끊어야 할 인간들을 끊어내는 데 주저하지 않는다는 점이다.

　물론 아무에게나 그렇다는 것은 아니다. 자신의 인생에 마이너스를 가져다준다고 판단되는 인간은 남자든 여자든 가차없이 끊어버린다. 성공한 여자들은 모두 그런 결단력이 뛰어나다. 마이너스는 마이너스 요소만 부른다는 것을 잘 알고 있기 때문이다.

　그러나 개중에는 이 도요코처럼 분명히 마이너스가 되는 인간을 끊어내지 못하는 여자들도 있다. 쓸데없이 정이 깊은 탓이다.

　과거의 동료들은 그것을 '여자의 마음'이라고 말하며 야유했다.

차갑게 들릴지 모르지만 이 경우에 그것은 '약한 마음'과 동의어다. 실제 그러한 여자들의 대부분은 그 인간과 함께 쓰러지거나, 빼도 박도 못하다가 버림을 당하는 서글픈 처지가 되는 경우가 허다했던 것이다.

"이대로는 마치코한테도 좋을 것이 하나도 없어. 이제 결단을 내려야 해!"

"그래도 그 사람, 언젠가는 정신을 차릴 것 같은 느낌이 들어요."

그렇게만 된다면 정말이지 축하할 일이겠지만 그게 쉽게 되느냐는 말이다. 정신을 차려야 하는 것은 도요코 쪽이다. 하지만 아무리 말해도 헛수고일 것이다.

이러니까 '여자의 마음'이라는 것은······.

* * *

도요코의 집은 가쿠지사라는 절에서 아주 가까운 싸구려 아파트이다. 밤이 되면 어둡고 쓸쓸하지만, 조용하고 살기 편한 곳이다.

마사오는 원래 밴드를 하던 사람으로, 꽤 능력 있는 드러머였다고 한다. 데뷔했을 무렵 사이고 데루히코의 백밴드를 맡았다는 것이 유일한 자랑이었으나 술과 도박으로 몸을 망치고 지금은 슬롯머신과 내기 마작으로 생계를 잇고 있다. 추락하는 인간의 전형적인 모습이었는데, 어떤 의미에서는 도요코와 마사오는 닮은꼴 부부라고 말할 수 있을 것이다.

그 마사오가 급사한 것은 10월 초의 일이다.

마지막 모습은 비참하기 그지없었다. 우구이스다니의 서서 마시는 간이술집에서 옆자리 손님과 싸움이 벌어져 도망치려다가 우스꽝스럽게 넘어지는 바람에 아스팔트에 뒷머리를 강하게 부딪히고 말았다. 구급차로 우에노의 병원으로 실려 갔지만 그날 중에 숨을 거두었다고 한다.

그 소식을 들었을 때 하츠에는 너무나 그 사람다운 최후라는 생각이 들었다. 나름대로는 오래 알고 지내온 사이였지만 너무 바보스러워서 눈물도 나오지 않았다.

그에 비해 흐트러진 도요코의 모습은 대단했다. 장례식 처음부터 끝까지 관에 들러붙어 눈물인지, 콧물인지를 온 얼굴에 떡칠하고 있었다. 작은 딸의 존재는 머릿속에서 완전히 사라진 듯 그동안 하츠에의 아이들인 다마에와 쇼지가 마치코를 돌볼 수밖에 없었다.

하츠에는 도움도 안 되는 상주를 대신해서 장의사와 장례 문제를 상담하거나 기타 세세한 준비까지 모두 처리했다. 우연히 몇 달 고용했을 뿐인 인간에게 왜 자신이 이렇게까지 하고 있나, 하는 생각을 안 한 건 아니지만 그냥 놔두면 일의 진행이 안 될 게 뻔해 어쩔 수가 없었다. 하츠에는 불평을 하기보다는 뭐든지 자신이 처리해버리는 쪽이 빠르다고 생각하는 타입이었다.

하지만 도요코의 눈물과 괴로움만은 더 이상 봐줄 수가 없었다.

울어서 죽은 사람이 돌아온다면 얼마든지 울어도 좋다. 하지만 실제로 지나친 눈물은 아무 소용이 없는 것이다. 눈물은 그 맛을 씹어가며 다시 일어서기 위한 것이다. 그저 우는 것이라면 개나 고양이도 할 수 있다.

그런데도 도요코는 관을 붙잡고 울음을 멈추지 않았다. 어린 자식을 내팽개치고 자신의 슬픔에만 젖어 있었다. 저것도 '여자의 마음'인 것일까?

'불쌍하지만 이것으로 마키짱은 구원을 받은 거야.'

다니 하야토를 닮은 마사오의 영정 사진을 보며, 하츠에는 생각했다.

처음에는 슬프더라도 역시 떠난 사람은 시간이 흘러갈수록 멀어진다. 인간은 망각의 생물인 것이다. 기쁨도, 슬픔도, 세월이 지나면 과거의 것이 된다. 마음의 정리가 끝나는 대로 또 시작하면 된다.

그렇게 생각했기 때문에 하츠에는, 도요코가 마음이 다 풀릴 때까지 울게 내버려두기로 했다.

마사오가 죽은 지 2주 정도 지난 후, 하츠에는 도요코의 아파트를 찾아갔다.

처음 일주일까지는 매일 한 번쯤 얼굴을 내밀어 먹을 것이나 얼마간의 현금을 주고 오기도 했다. 도요코는 그렇다 쳐도, 어린 마치코가 걱정되어 어쩔 수가 없었다.

하지만 언제까지나 돌봐줄 수는 없는 일이다. 너무 잘해줘도 타인의 호의에만 의지하는 바보 같은 인간이 돼버린다. 그렇게 생각하고 일주일이 지난 후부터는 가능한 한 얼굴을 보이지 않기로 했다. 그래도 곤란한 일이 생길 때는 가게로 오라고 말해두었지만 전화 한 통 오지 않는 걸로 봐서는 어떻게든 꾸려나가고 있는 모양이었다.

"어머, 마담. 오랜만이네요."

현관문을 노크하니 뜻밖에도 밝은 표정의 도요코가 얼굴을 내밀었다.

"어때, 잘 지내고 있어?"

"네, 덕분에요."

그 쾌활한 목소리는 오히려, 기분이 지나치게 좋은 게 아닌가 하는 생각이 들게 만들었다. 처음 일주일 동안은 올 때마다 칙칙한 우는 모습만 보였는데 겨우 일주일 사이에 어떻게 이 정도로 기분을 회복한 것일까, 안심이 되는 한편으로 수상하기도 했다.

"그런데 마키짱."

20분 정도 잡담을 한 후에 하츠에는 제안을 했다.

"만약 생각이 있으면 다시 한 번 우리 가게에서 일하지 않을래?"

자랑은 아니지만 '가스미소'는 만성적으로 사람 손이 부족한 곳이었다. 지금 나오고 있는 아가씨가 두 명 있었지만 그 중에 한 명은 보다 보수가 좋은 카바레로 이직할 생각인 모양이었다. 그 의지가 확고한 것 같아서 사전에 손을 써두어야만 했다.

"앞으로 생활비도 들 거고, 우리 가게라면 일하기도 편하잖아? 마치코짱은 일하는 동안에 2층에 두면 될 거고."

전에는 마사오의 체면을 위해 그만둘 수밖에 없었다 해도 이제 그런 걱정은 안 해도 되었다. 보수를 특별히 더 줄 수는 없지만 마치코를 생각하면 조건이 그리 나쁜 것은 아니었다.

"마담한테는 정말로 죄송한 일이지만……."

그러나 도요코는 말이 끝나기도 전에 입을 열었다.

"물장사는 남편이 허락하지 않아서."

하츠에는 발목이 어딘가에 걸린 것 같은 느낌을 받았다. 거절당하리라고는 생각지도 못했다. 게다가 그런 이유로.

"아니……, 마사오는 죽었잖아. 죽은 후에도 그 말을 듣겠다는 거야?"

"그 사람은 죽지 않았어요."

갑자기 도요코가 큰 눈을 가늘게 찌푸리며 말했다.

"몸은 사라졌지만 그 사람은 분명히 살아 있어요."

"무슨 말을 하는 거야? 마키짱."

어이가 없어 하츠에는 웃음이 나올 것만 같았다.

"정말이에요. 첫 일주일이 지난 후부터 그 사람, 집으로 돌아오는걸요."

"설마?"

"거짓말이 아니에요. 밤 11시경이 되면 반드시 온다니까요. 확실하게 다리도 있어요. 아파트 계단을 올라오는 소리가 들리니까요. 집에 들어와서 술도 마시고 밥도 먹고 돌아가요."

그런 말도 안 되는 소리를……

"마담, 믿지 못하시겠죠?"

어안이 벙벙한 표정을 짓고 있는 하츠에게 도요코는 웃으면서 말했다.

"갑자기 그런 말을 듣고 어떻게 믿으라고 그래?"

"그래도 정말이에요. 분명히 저 문으로 들어와서 밥상에서 밥을 먹는다니까요. 그러니까 저걸 봐요."

설거지한 식기가 놓여 있는 선반에는 남자용 그릇이 거꾸로 놓여 있었다. 새로 산 수저도 있었다.

"전에 쓰던 건 장례식 때 처분했다고 하니까 화를 내서……

서둘러 새걸 사왔어요."

　장례식 때 고인이 쓰던 그릇과 수저를 처분하는 것은 지금
은 오래된 습관일지도 모른다. 돌아와도 이젠 네가 먹을 것은
없다고, 영혼에게 전하기 위한 것이라고 한다. 마사오의 그릇
과 수저도 경을 읽어준 스님의 지시에 따라 처분한 것이다.

　'마사오의…… 유령?'

　새로 산 그릇과 수저에 심한 위화감을 느끼며, 하츠에는 도
요코에게 눈길을 돌렸다. 그때 처음으로, 도요코에게서 어딘
가 모르게 위험스러운 분위기가 감도는 것을 느꼈다.

　눈길이 힐끔힐끔 불안했고, 몸을 의미도 없이 달달거리며
흔들고 있었다. 정면에서 얼굴을 보니 눈초리가 부자연스럽
게 올라가서, 어딘가 개를 연상시키는 표정이었다.

　'어쩐 일이야, 얘가. 설마, 너무 울어서 이상하게 된 건 아
닐까?'

　정신을 다치면 개 같은 얼굴이 된다고 손님 중에 누군가가
말한 것이 생각난다. 정말로 개나 늑대에게 홀린 것 같은 얼
굴이 된다고 한다. 아마도 옛날 사람들은 저런 얼굴을 보고
견신에게 사로잡혔다, 늑대 신에게 사로잡혔다고 믿었던 것
이겠지. 하츠에는 목덜미에서 등으로, 차가운 땀방울이 솟는
느낌이 들었다.

　"나, 잠깐 오줌 좀."

말하는 도중에 도요코는 갑자기 일어서더니, 부엌 쪽에 있는 화장실로 들어갔다. 그 거리낌 없는 행동도 도요코답지 않았다. 평소라면 수줍은 듯 살짝 자리에서 일어났을 것이다.

　"마치코짱, 엄마가 하는 말이 다 정말이니?"

　혼자서 쌓기 놀이를 하며 놀고 있는 마치코에게, 하츠에는 작은 소리로 물었다. 네 살짜리 여자아이는 얼굴을 들고 잠시 아무 말 없이 하츠에를 쳐다보다가 이윽고 고개를 끄덕거렸다.

　"정말? 아줌마, 믿지 못하겠는데……. 만약, 그렇다면."

　귀신이잖아, 그 말이 튀어나올 것 같아 당황하며 입을 막았다. 부모가 귀신이 되었다는 말을 어린아이한테 할 수는 없는 일이었다.

　"아빠 와요. 정말로."

　마치코는 쌓기 놀이의 나무 블록으로 다시 눈길을 돌리면서 대답했다.

　"어제도 이 그릇에 술 마셨어요. 아주 맛있어 보였어요."

　하츠에는 등골이 서늘해졌다.

　정말로 마사오는 돌아온 것일까. 아니면 이 작은 여자아이가 정신이 이상해진 엄마에게 맞춰주고 있는 것일까. 어느 쪽이든 다 무서운 일이었다.

　"무섭지 않아?"

하츠에의 말에 마치코는 고개를 저었다.

"무섭지 않아요. 무섭지는 않지만……, 우리 아빠, 정말 불쌍해요."

"왜?"

"머리 뒤에서 피가 철철 흘러내려요."

* * *

그런 일이 있을 수 있는 것일까. 죽은 인간이 그렇게 빨리 유령이 되어 나타나다니.

하츠에 자신도, 세상에는 눈에 보이지 않는 세계가 있다는 것을 어렴풋이 믿고는 있었다. 예를 들면 어머니가 돌아가셨을 때의 꿈도 그 하나일 것이다.

하츠에의 어머니는 4년 전, 여름날의 더위가 한창일 때 급작스러운 심장발작으로 돌아가셨다. 전날까지 아무런 조짐도 없이, 오히려 건강해 보일 정도였으니 그녀의 운명을 예측할 수 있었던 사람은 아무도 없었다. 하지만 하츠에는 그 전날 밤(아침이라고 해야 할까) 너무도 생생한 장례식 꿈을 꾼 것이다.

향 냄새와 조문객들의 떠들썩한 소리마저 들릴 것 같은 생생한 꿈이었다. 누구의 장례인지는 몰랐지만, 꿈속에서 하츠에는 가슴이 답답할 정도로 괴로움을 느끼고 있었다.

어머니가 죽었다는 소식을 들었을 때 그것이 예지몽이었음을 깨달았다.

눈에 보이지 않는 누군가가, 어머니의 죽음이 다가왔다는 것을 가르쳐주었던 것이리라. 실제로 그 꿈 덕분에 하츠에는 오랫동안 하지 못했던 전화를 걸 마음이 생겨, 돌아가시기 수시간 전에 어머니의 목소리를 들을 수가 있었다.

그런 일이 있고 난 뒤 하츠에는 눈에 보이지 않는 세계의 존재를 어렴풋이 믿게 되었다. 살아 있는 인간이 알고 있는 것은 터무니없이 넓은 세계의 일부에 지나지 않을 것이다, 왠지 모르지만 그렇게 생각하게 되었던 것이다.

하지만 그런 하츠에라도 도요코의 말을 당장에 믿을 수는 없었다. 받아들이기에는 너무 지나치다는 생각이 들었기 때문이다.

그런 생각을 하며 도요코의 아파트를 나온 하츠에는 가쿠지사 앞을 지나가다 문득 하느님에게든 부처님에게든 합장하고 싶은 기분이 들어 안으로 들어갔다.

가쿠지사는 그리 큰 절은 아니다. 예를 들어 말하자면 좀 괜찮은 어린이공원 정도 되는 넓이이다. 작은 문을 지나면 납작한 돌을 깐 길이 곧바로 본당으로 향해 있는 것 이외에는 별달리 눈길을 끌 만한 것은 없다. 본당 뒤편에는 고양이 이마만 한 묘지와 주지 일가가 사는 작은 집이 있다.

주지는 상당한 고령으로, 최근에는 거의 모습을 보이지 않았다. 아무래도 중풍에 걸려 절의 일을 볼 수 없게 된 모양이다. 때때로 노구의 아내가 경내를 청소하는 것 외에는 특별한 행사가 거의 없었다.

하츠에는 돌길을 걸어 본당 정면에 섰다. 지갑에서 낡은 5엔짜리 동전을 꺼내 새전함에 넣었다.

'합장은 신사에서 하는 거였던가?'

문득 그런 생각을 하고 있을 때 등 뒤에서 사람의 기척이 느껴졌다.

놀라서 돌아보니 경내 구석에 놓인 벤치에 한 노인이 앉아 있었다. 시력이 좋지 않은 하츠에는 눈을 가늘게 뜨며 그 노인을 바라보았다.

"어, 안녕하세요?"

그렇게 말하며 고개를 숙이는 사람은 상점가에서 사치코 서점이라는 헌책방을 하고 있는 노인이었다.

"뭐야, 헌책방 아저씨잖아……. 깜짝 놀랐잖아요."

이름을 몰랐기 때문에 필요할 때는 그렇게 부르고 있었다. 상점가 사람들은 대개 가게 이름이나 상호로 불리는 법이다.

"저야말로 놀랐어요. 여기서 사람을 만나리라고는 생각도 못 했으니까."

말투로 봐서 헌책방 아저씨는 이 절에 자주 들르는 모양이었다. 그리고 그 밖의 사람들은 거의 오지 않는가 보았다.

헌책방 주인은 벤치에 앉은 채 세븐스타에 불을 붙였다. 하츠에도 재빨리 참배를 끝내고 그 옆에 앉아 마찬가지로 담배에 불을 붙였다. 왠지 누군가와 이야기를 나누고 싶은 심정이었다.

"주지 스님이 건강했을 때는 활기가 넘쳤었는데……. 이 절도 점점 사양길로 접어드는군요."

헌책방 주인은 한숨처럼 담배 연기를 내뱉으며 말했다.

책방 주인이라는 직업상 어딘지 모르게 학자 같은 분위기를 풍겼다. 날카로운 눈 주위는 상당히 야무져 보였고, 단정한 얼굴을 하고 있었다. 이미 일흔도 몇 년은 지난 것 같은데, 젊었을 때는 상당한 미남이었을지도 모르겠다.

"그러고 보니, 주지 스님은 건강하신지 모르겠네요. 요즘 통 모습을 보이지 않으시는데."

"글쎄, 죽었다는 말은 듣지 못했으니 건강한 게 아닐까요."

학자같이 보이는 외모와는 달리 퍽도 적당히 대답한다고 하츠에는 생각했다. 무뚝뚝한 말투가 오히려 유유자적해 보였다.

사와야 주류상점 구니코짱의 말로는 가끔 위스키를 사러 온다니까 술을 못 마시는 사람은 아닌 모양이었다. 하지만 주인은 '가스미소'에 온 적이 없었다. 자신은 책을 읽지 않기 때문에(여성 주간지는 빼고) 지금까지 말을 나눌 기회는 전혀 없었지만 그래도 같은 상점가에 가게를 내고 있는 사이라 길에서 만나면 인사 정도는 나누고 지냈다.

"하지만 주지가 죽었든 살았든 이 절이라면 별반 차이가 없을지도 모르지요."

주인은 우물쭈물 서툰 농담처럼 말했다.

"그건 무슨 뜻인가요?"

"아아, 잘 모르세요?"

그렇게 말하면서 주인은 일어서더니 느릿한 발걸음으로 본당 쪽으로 향했다. 뭔가 있나 싶어서 하츠에도 그의 뒤를 따랐다.

"아아, 이런. 전혀 읽을 수가 없군."

본당의 앞마당에 나무 푯말이 세워져 있었다. 검은 글자로 뭐라고 쓰여 있는 것 같은데 나무판은 먼지로 뒤덮여 있었다.

"여기에는 좀 재미있는 내용이 적혀 있어요. 사실 이 절이 보잘것없어 보이지만 상당히 유서가 깊은 모양입니다. 무로마치 시대[*]의 서적에도 이미 그 이름이 실려 있다는 말도 있고, 에도 시대^{**}에는 위대한 스님이 수행을 했다는 말도 있고."

"그렇게 훌륭한 절이에요?"

- 1336년 겐무정권이 무너지고 난 뒤부터 1573년 오다 노부나가에게 멸망될 때까지 약 240년간의 시대.
- ● 도쿠가와 이에야스가 막부를 개설한 1603년부터 1867년까지의 봉건시대.

하츠에는 약간의 감동을 느꼈다. 벌써 10년 이상 이 마을에 살고 있지만 가까이에 이런 명소가 있다는 것을 알지 못했다. 알았다 해도 자신과는 별 관계 없는 이야기지만.

"그런데 말입니다. 그 무로마치 시대의 서적에 이 절의 어딘가가 저세상과 이어져 있다고 쓰여 있는 모양입니다."

"저세상이라면, 천국이나 지옥 말씀이세요?"

"거기까지는 잘 모르겠지만…… 교토 쪽에는 저세상과 이어지는 우물이니, 십자로니, 하는 전설이 많이 남아 있지요. 살아 있는 인간이 밤에는 지옥에서 재판관을 했다는 이야기도 있을 정도니까요. 근데, 이 절에도 그런 전설 같은 이야기가 있는 모양입니다."

문득 방금 만나고 온 도요코의 얼굴이 떠올랐다.

저세상과 이어져 있는 절, 왠지 으스스한 느낌이었다. 어쩌면 마사오는 이곳을 통해 밤마다 도요코 곁으로 오는 것일까.

"그래서 옛날부터 이 절 근처에서는 기묘한 일이 자주 일어났다고 하더군요. 분명 뭔가가 뒤틀려버린 거겠지요."

그렇게 말하고 주인은 갑작스럽게 이야기를 꺼낸 어색함을 감추듯이 웃었다.

"그러고 보니, 저도 지난번에 가게 아가씨한테 들은 이야기가 있어요."

하츠에는 문득 전에 들은 이야기가 생각났다. '가스미소'에서 잠시 일했던 이곳 출신의 아가씨가 말해준 것이다.

"아마 저기 있는 석등인 것 같은데."

참배 길을 사이에 두고 반대편에, 1미터 50센티미터 정도의 석등이 있었다. 원래는 흰색이었을 텐데 여기저기가 퇴색되어 기묘한 색으로 변해 있었다.

"여기에 구멍이 있잖아요. 분명 초 같은 걸 넣어서 불을 밝히는 곳 같은데."

돌 처마 밑에 있는, 불 주머니라고 불리는 구멍을 하츠에가 손가락으로 가리켰다.

"석양이 질 무렵 이쪽에서 들여다보면 때때로 죽은 인간의 모습이 보인대요."

자신에게 그 이야기를 들려준 아가씨의 말에 의하면 이 동네에서는 초등학생들도 알고 있는 유명한 이야기인 모양이었다. 그렇다고 해도, 그 진위는 알 수가 없었다. 어머니가 돌아가신 후 하츠에 자신도 몇 번이나 들여다본 적이 있지만 그리운 그 모습이 보인 적은 없었다.

헌책방 주인은 흥미롭다는 듯 고개를 끄덕였는데, 나중에 생각해보니 그것은 그 나름대로의 배려였다는 생각이 든다. 자신보다 오랫동안 이 마을에서 살아온 그는 그런 이야기쯤이야 이미 오래전에 들었을 테니까.

자신은 부처님 앞에서 설법을 한 것이다.

　　　　　　＊　＊　＊

　그로부터 열흘 정도 후.

　2층 방에서 아이들이 쿵쾅거리며 뛰어놀고 있는 소리가 들렸다. 가게에서 재료를 들여놓느라 정신이 없던 하츠에는 크게 혀를 차며 계단 아래에서 소리를 질렀다.

　"너희들, 좀 조용히 해. 조금 있으면 손님들이 올 거니까!"

　"네에—."

　목소리를 합쳐 대답은 잘했지만 그 뒤에 금방 튀어오를 것 같은 웃음소리가 들렸다.

　일주일 전부터 하츠에는 마치코를 돌보고 있다. 그녀의 아이들, 5학년 다마에와 3학년 쇼지는 마치 여동생이 생긴 것처럼 신이 나서 난리도 아니다. 서로 경쟁하듯 네 살짜리 마치코의 비위를 맞춰가며 그 귀여운 얼굴을 보려고 정신이 없다.

　"정말로 죽은 남편이 돌아왔든 아니든 딸아이는 그 어머니한테서 떼어놓는 게 좋을 것 같군요."

　그렇게 말한 것은 사치코 서점의 주인이었다. 얼마 전 가쿠지사에서 만났을 때 하츠에가 도요코의 일을 상담해본 것이었다.

　친하지도 않은데 실례가 아닐까 생각했지만 배려 깊은 말투나 성실하고 정직해 보이는 태도로 보아 그는 신용할 수 있는 인간이라고 판단했다. 생각대로 주인은 신중하게 하츠에의 말에 귀를 기울여주었다.

"그 어머니 쪽도 한 번은 전문 의사한테 가보는 게 좋을 것 같은데요. 하지만 갈 생각이 없겠지요?"

"네, 아마도."

갈 리가 없다고 하츠에는 생각했다. 도요코는 마사오가 돌아온 것을 마음속 깊이 즐거워하고 있었다. 그것이 환상이니까 의사한테 가보라고 한들 순순히 들을 리가 없는 것이다.

"게다가 어쩌면…… 어디까지나 어쩌면이지만."

하츠에는 자신의 마음속에 있는 또 다른 의문을 말했다.

"정말로 마사오가 돌아왔을 가능성도, 완전히 없는 건 아니라고 생각해요. 네 살짜리 어린아이도 그렇다고 했으니까. 만일 그렇다면, 어떻게 해야 좋을지."

"으음―."

하츠에의 말에, 주인은 웃지 않았다. 아마 그도 이 세상에는 눈에 보이지 않는 세계가 있다고 믿는지 모른다.

"어떤 책에서 읽었는데요. 인간이 죽으면 잠시 동안 영혼의 모습으로 이 세상을 헤매고 다닌다고 하더군요. 그리고 49일 후에 저세상으로 떠난다고 하던가……."

"그래서 사십구재를 지내는 건가요?"

"그럴지도 모르죠. 정확한 것은 저도 모릅니다. 어쨌든 죽은 후의 이야기니까요."

헌책방 주인은 쓴웃음을 지었다.

"그러니까 어쩌면 그 남편도 49일이 지나면 안 나타날지도 모르지요."

과연 그럴지도 모른다는 생각이 들었다.

49일이라고 하면 7주간. 마사오가 죽은 지 이미 2주가 지났으니까 5주 남았다. 대략 한 달 정도이다. 정확한 날짜를 말하자면 11월 25일. 그때까지 상황을 살피는 것도 나쁘지 않을 것 같았다.

하츠에는 헌책방 주인의 말을 믿어보기로 했다.

우선 어린 마치코를 도요코한테서 떼어놔야 한다. 그리고 11월 25일을 기다려보는 것이다. 그러고도 여전히 마사오가 온다고 주장하면 이렇게 말해보는 것도 괜찮을 것이다.

"49일이 지났으니까 마사오는 저세상으로 떠났을 거야. 그런데도 온다는 건 이상하지 않아? 마키짱, 분명히 지쳐서 그럴 거야. 의사한테 진찰을 받아보는 것이 좋겠어."

그것으로 만사 오케이일 것이다.

이틀의 간격을 두고 하츠에는 다시 도요코의 아파트로 향했다. 잘 말해서, 마치코를 데려가기 위해서였다. 역시 자신의 집에 두는 것이 가장 좋을 것 같았다.

가보니 오후 4시도 안 됐는데 마치코는 낮잠을 자고 있었다. 이런 시간에 잠을 자면 밤에 잠이 안 올 텐데.

"그 사람이 오는 시간이 너무 늦어서 밤을 새버려서요."

도요코는 쾌활한 말투였지만 눈빛은 역시 이상스러웠다. 입고 있는 옷도 구깃구깃하고, 머리도 감지 않았는지 머릿기름이 잔뜩 껴 있었다.

마찬가지로 집 안도 엉망진창이었다. 커다란 쓰레기봉투가 세 개나 굴러다니고 있었고, 그중 하나는 터져서 음식 쓰레기가 흘러나왔다.

"어젯밤은요, 저 아이한테 선물도 갖고 왔어요."

그렇게 말하면서 도요코가 보여준 것은 작은 토끼 인형이었다. 도덴 역 앞에 있는 은행에서 나눠주는 비닐 제품의 저금통이었다. 같은 것을 다마에와 쇼지도 갖고 있었다.

그걸 보면서 하츠에는 어떤 표정을 지어야 할지 알 수가 없었다.

역시 이상해졌을 가능성이 높은 것 같았다. 만약에 사랑하는 남자가 밤마다 찾아온다면 좀 더 예쁘게 차려입었을 것이고, 집 안도 깨끗이 정리했을 것이다.

"갑자기 말해서 뭐하지만 마치코짱을 좀 데려가도 될까? 우리 집 아이들이 같이 놀고 싶다고 난리도 아니어서."

눈치를 살피면서 말을 꺼내니, 도요코는 손뼉을 치며 기뻐했다.

"정말요? 감사해요. 우리 그 사람, 아주 상냥한 사람이잖아요? 그래서 이 아이가 있으면 계속 놀아주고 해서 천천히 쉬지도 못해요. 게다가 그……, 날 안으려고 해도 신경이 쓰여서. 저 역시 아이 앞에서는 할 수 없으니까."

그 말 하나만 봐도 평소의 도요코라고는 도저히 볼 수가 없었다. 원래 도요코는 그런 이야기를 노골적으로 말하면서 즐거워하는 타입이 아니었다. 역시 머리가 이상해진 것일까?

"마치코 일어나, 빨리!"

보내기로 정해지자마자 도요코는 잠들어 있는 마치코를 흔들어 깨웠다. 왠지, 애정을 전혀 느낄 수 없는 기계적인 행동이었다.

"만일 괜찮다면 얼마간 맡겨도 좋아. 만나고 싶으면 언제든지 우리 집으로 오면 되니까."

"정말이세요?"

도요코의 얼굴이 기쁜 듯 빛났다.

"그럼, 신세 좀 질게요."

어딘가 개운해 보일 정도로, 전혀 거리낌 없는 말투였다.

그로부터 일주일. 도요코는 딱 두 번 전화를 했을 뿐 찾아온 적은 없었다.

솔직히 말해서 하츠에는 실망을 느끼고 있었다.

적어도 도요코가 어머니로서의 자각을 잃지는 말았으면 했다. 아무리 정상이 아니라고 해도 마치코와 떨어져 지내는 것을 조금은 힘겨워하길 바랐다. 타인에게 맡겼다고 해도 걸어서 십여 분 거리에 있으니까 적어도 얼굴 정도는 보러 왔으면 싶었다.

어머니에게 있어 자식은 전부 아닌가. 자식이 있으면 어떤 괴로움도 극복할 수 있는 것 아닌가.

적어도 자신은 그렇게 생각했다. 어린 다마에와 쇼지의 웃는 얼굴이 있었기 때문에 역경을 피하지 않고 오늘까지 견뎌 온 것이다.

역시 '여자의 마음'인 것일까. 만일 그렇다면 자신은 그런 것은 필요치 않다. 지금의 자신에게는 '어머니의 마음'만으로 충분하다.

"마치코짱, 어젯밤에 아빠한테서 토끼 인형 받았니?"

아파트에서 집으로 데려오는 길에 하츠에는 마치코에게 물어보았다. 마치코는 그저 까만 눈동자로 자신을 올려다보며 방글방글 웃기만 했다.

"다시 한 번 묻는데, 정말로 아빠가 집에 오시니?"

"응, 와요."

작은 목소리로 마치코는 대답했다.

"이야기도 하고?"

"응!"

"어떤?"

"저번에는 죽어서 미안하다고 했어요."

머릿속에서 마사오의 얼굴이 떠올랐다. 사실 그 남자라면 그런 바보 같은 말도 할 것 같았다.

"이번에는 완전히 돌아온다고 했어요."

하츠에는 자기도 모르게 발걸음을 멈췄다.

완전히 돌아온다니, 이미 뼈로 변한 상황에서 무엇을 어떻게 할 생각인 것일까. 몸은 이미 흔적도 없다. 그릇과 수저처럼 새로운 것으로 살 수도 없는 일이다.

"저어, 마치코짱."

하츠에는 마치코의 눈높이에 맞춰 몸을 구부렸다.

"아줌마한테만 솔직하게 말해줄래? 혹시 엄마가 그렇게 말하라고 시킨 거니?"

엄마를 닮은 큰 눈을 껌벅이며 마치코는 곤란한 표정을 지었다.

"절대로 엄마한테는 말하지 않을게."

몇 번이고 묻는 동안에 마치코의 눈에서 아침 이슬 같은 눈물이 흘러내렸다. 질문에는 답을 하지 않고, 대신에 소리를 내며 울었다.

하츠에는 그 작은 몸을 꼭 껴안았다.

'내가 이 아이의 엄마가 돼도 좋아.'

부드러운 머리카락을 어루만지면서 하츠에는 진심으로 그렇게 생각했다.

소란스러웠던 2층의 소음이 어느덧 멈췄다고 생각했는데 뭐가 그리 즐거운지 노래를 부르는 소리가 들렸다. 아무래도 셋이서 노래를 부르고 있는 모양이었다. 아래층에 들리지 않도록 큰 소리를 내지 않으려고 신경을 쓰는 것이 느껴졌다.

귀를 기울여보니 그것은 〈검은 고양이 네로〉였다. 여섯 살짜리 귀여운 남자아이가 부르는, 요즘 대인기를 끌고 있는 노래였다.

"검은 고양이 네로, 네로, 네로, 이랬다 저랬다 장난꾸러기……."

들여온 재료에 칼질을 하면서 하츠에도 함께 작은 목소리로 노래를 따라 불렀다. 무를 썰면서 박자를 맞추고 있었다.

* * *

그날은 마사오가 불의의 사고로 죽은 지 7주째인, 49일을 코앞에 둔 금요일 밤이었다.

마치코와 함께 근처 목욕탕에 갔던 다마에와 쇼지가 섭섭한 얼굴로 돌아왔다.

'가스미소'에는 입구가 하나밖에 없기 때문에 아이들은 카

154

운터에 앉은 손님들 뒤를 지나 집으로 올라간다. 그때는 가게 문을 열자마자 찾아온 두 명의 샐러리맨들이 가게 아가씨를 상대로 피터가 남자인지 여자인지, 진지하게 이야기를 나누던 중이었다.

"엄마……. 마치코짱, 마키 아줌마랑 같이 집으로 돌아갔어요."

주방으로 들어온 다마에가 작은 소리로 말했다. 카운터에 있던 하츠에는 손님에게 살짝 고개를 숙이고 슬며시 자리를 떴다.

"무슨 소리야?"

"목욕탕에서 돌아오는데 상점가 입구에서 마키 아줌마를 만났어요. 마침 데리러 가는 중이었다면서 그대로 마치코를 데리고 갔어요."

"왜, 그렇게 갑자기……."

하츠에는 왠지 불길한 느낌이 들었다.

데리고 가려면 자신에게 한 마디쯤 해야 하는 것 아닌가. 여기까지 오는 것이 귀찮다면 전화라도 한 통화 해야 하는 것 아닌가.

"마키 아줌마, 어때 보였어?"

"별로 이상한 점은 없었는데요."

다마에를 대신해서 동생 쇼지가 대답했다. 정신이 돌아온 것일까, 하는 생각도 들었지만 자신의 눈으로 보지 않은 이상 뭐라고 할 수 없는 일이다.

"엄마, 그대로 보내도 괜찮겠죠?"

그렇게 물어보는 다마에의 얼굴은 어딘지 모르게 불안해 보였다.

"당연하지. 엄마가 데리러 왔는데 어쩌겠니. 그래도 데리고 가려면 내일 데리고 갈 것이지."

하츠에는 일부러 명랑한 말투로 대답했다.

아이들에게는 도요코에 대해서 어떤 이야기도 하지 않았다. 그저, 약간 상황이 안 좋아서 마치코를 맡기로 했다고 설명했었다. 쓸데없는 말을 해서 걱정을 끼치고 싶지 않았기 때문이다.

엄마의 말에 다마에와 쇼지는 안심했다는 표정을 지으면서 2층으로 올라갔다.

하지만 하츠에는 불안해서 어쩔 줄 몰랐다. 그냥 잠자코 있으려니 무서운 생각이 들 정도였다. 오늘은 아가씨와 단 둘뿐이라 가게를 비우지 못하는 것이 괴로웠다.

그런데 시간이 지남에 따라 불안감은 점점 더 커져갔다. 마음속의 풍선이 점점 더 부풀어가는 것처럼 다른 일은 아무것도 생각할 수가 없었다.

"나, 잠깐……."

다녀오자고 결심하고 가게 아가씨에게 말하려던 순간, 손님 네 명이 우르르 들어왔다.

"어서 오세요!"

하츠에는 밝은 목소리로 그렇게 말할 수밖에 없었다.

결국 문을 닫을 때까지 가게를 빠져나가지 못했다. 그래도 평소라면 1시까지 했을 영업을 특별히 30분 앞당겼다. 그날은 몸에 끼는 얇은 롱스커트 차림이어서 그대로는 자전거를 탈 수가 없었지만 과감하게 허벅지까지 말아 올렸다. 한밤중이어서 사람들이 볼 일도 없을 것이고, 본다 한들 상관없었다.

심야의 아카시아 상점가의 아케이드 아래를 하츠에는 자전거로 힘껏 달렸다. 원래 이 주변은 밤이 빨라서 10시를 넘기면 지나다니는 사람이 거의 없다. 12시를 넘기면 더더욱, 불이 꺼진 상점가에서는 사람 그림자를 찾아볼 수가 없다. 대신에 내 세상인 양 걸어 다니는 고양이를 벨을 울려가며 피해야 한다.

상점가를 벗어나면 주위는 갑자기 암흑이 된다. 길이 복잡하게 구부러져 있어서 안 그래도 어두운 가로등 불빛이 충분히 도달하지 않는 것이다. 이런 동네는 이래서 무섭다.

"마담!"

도요코의 아파트가 보이는 곳까지 왔을 무렵, 귓전에서 누군가가 자신을 부르는 느낌이 들었다.

당황한 하츠에는 브레이크를 잡으며 자전거를 세웠다. 낡은 집의 문이 삐걱거리는 소리가 어둠 속에서 울렸다.

주위에 사람의 모습은 보이지 않았다. 예민해진 탓인지도 모른다고 생각했을 때였다.

갑자기 온몸에 닭살이 돋았다. 서 있는 자신의 곁을 스쳐 무언가가 지나가고 있다는 느낌을 받았던 것이다.

무언가가 걸어간다.

눈에는 보이지 않지만 분명히 있다.

마치 공기의 영혼 같은 것이 천천히, 자신의 곁을 지나 등 뒤에서 움직이고 있다.

길에서 스쳐 지나는 사람처럼.

불과 몇 초도 안 됐는데 그런 기척이 자신의 곁을 지나갔다. 그동안 하츠에는 숨을 죽이고 있었다. 왠지 모르겠지만 그렇게 하는 게 좋을 것 같은 느낌이 들어서였다.

"마키짱!"

이윽고 정신을 차린 하츠에는 다시 페달을 밟았다. 아파트 밑에 도착해서 거칠게 자전거를 세운 뒤 2층에 있는 도요코의 방을 올려다보았다. 방에는 전등이 켜져 있었다.

하츠에는 철제 계단을 뛰어올라 문 앞에 서자마자 딱따구리처럼 노크를 했다. 아무리 기다려도 대답이 없었다. 손잡이를 돌려서 힘껏 문을 열었다.

"마키짱! 마치코짱!"

"결국, 어떻게 했으면 좋았을까요."

아카시아 상점가 안에 있는 사치코 서점에서 하츠에는 권해주는 세븐스타에 불을 붙이면서 말했다.

"이번만은 저도 충격이 엄청났어요. 이제 다른 사람 일은 지긋지긋해요."

헌책방 주인은 침통한 표정으로 아무 대답도 하지 않았다. 팔짱을 낀 채 눈을 꼭 감고 담배를 피우고 있었다.

"지금도 그때의 광경이 눈에 선해서…… 마치코가 불쌍해서……."

그날 밤, 아파트 문을 열고 하츠에가 본 것은 문지방 위에 매달려 있는 도요코의 모습이었다. 축 처진 몸이 불어오는 바람에 떨기라도 하듯 좌우로 흔들거렸다.

그 옆에는 마치코가 가는 벨트를 목에 감고 쓰러져 있었다. 자신이 사준 빨간색 니트 바지에 오줌을 지린 흔적이 있었고, 손에는 토끼 인형 저금통이 어정쩡하니 들려 있었다. 분명히 도요코가 마치코의 목을 졸라 죽인 다음, 억지로 들려준 것이리라.

방 한가운데 놓인 밥상에는 저녁식사 후의 식기가 그대로 있었다. 여자용 그릇과 어린이용 그릇에는 사용한 흔적이 있었지만 남자용 그릇은 사용한 흔적이 전혀 없었다. 애니메이션 그림이 그려진 컵 옆에 다마에와 쇼지가 좋아하는 삼색 후리카케* 용기가 놓여 있는 것이 눈에 들어왔다.

"가려거든 혼자서 가든지……. 어째서 어린아이까지."

말하는 도중에 눈물이 솟구쳤다.

그날의 마치코는 이불 위에 눕지도 못하고, 그냥 아무렇게나 거실 바닥에서 나뒹굴고 있었다. 뭔가를 하던 도중 그대로 숨을 거둔 것처럼.

"이거…… 뭐라고 해야 할지."

헌책방 주인은 가볍게 맞장구를 쳐주는 것조차 힘겨워 보였다.

당연한 일이다. 남편을 잃은 아내가 정신이 돌아버려 어린 딸과 함께 동반자살을 했다는, 그런 비참한 사건이 이 동네에서 일어나리라고는 상상도 못했던 것이다.

"그런데 동반자살하는 부모는 자식을 하나의 인간으로 보지 않고, 자신의 소유물처럼 생각하는 경향이 있다고, 어딘가에서 읽은 적이 있어요."

분명 도요코도 그랬던 것 같았다. 결코 저세상에서 세 가족

---

* 밥에 뿌려 먹는 가루.

이 함께 살려고 저지른 짓은 아닌 것 같았다. 그저 자신의 짐을 가방에 집어넣는 기분이었는지도 모른다. 분명히 그랬다.

"아이들도 너무 침울해해요. 마키짱이 마치코를 그냥 데려가게 놔둬서 죽었다고 생각하나 봐요."

"그건 아니지요. 아이들에게 무슨 책임이 있겠어요. 그런 식으로 생각하다니."

"저도 그렇게 말했지만…… 사실과 기분은 다른가 봐요."

그래서 인간은 어려운 존재라고 하츠에는 생각했다.

"그러고 보니, 그 절 말이에요."

인사를 하고 헌책방을 나가다가 하츠에는 뒤를 돌아보며 말했다.

"역시 어딘가 이상한 것 같아요. 그날 밤, 그 절 앞에서 이상한 것이 스쳐 지나갔어요. 전혀 보이지는 않았지만 뭔가 사람 느낌이 드는 것이…… 아파트에서 절 쪽으로 걸어왔어요."

주인은 어딘가 의심쩍다는 표정으로 얼굴을 들었다.

"지금 생각해보니 그건……."

거기까지 말하고 하츠에는 입을 다물었다. 지금에 와서 그런 소리를 한들 무슨 소용이 있겠는가?

"오랫동안 전해져 내려오는 말이니 뭔가 의미가 있겠지요."

그렇게 말하면서 주인은 벽에 붙어 있는 행방불명된 소년을 찾는 전단지에 힐끗 눈길을 주었다. 같은 전단지가 유리문에도 붙어 있지만 그쪽은 햇빛에 색이 바래 거의 읽을 수가 없었다.

"전 이 마을에 사는 게 왠지 무서워졌어요."

그렇게 말하고 하츠에는 다시 한 번 인사를 한 뒤, 헌책방을 나왔다. 주인도 말없이 고개를 숙였다.

그 후 하츠에는 저녁 장사를 위한 식재료를 사러 아카시아 상점가로 갔다. 레코드가게 앞을 지나갈 때, 사가라 나오미의 〈그럼 어때, 행복하다면〉이 음질 나쁜 스피커에서 흘러나오고 있었다. 여름이 다가오자 거의 매일 라디오에서 틀어주고 있는 히트곡이었다.

문득 그 자리에 서서 그 곡에 귀를 기울였다. '차가운 여자라고 사람들은 말하지만 그럼 어때, 행복하다면.'

슬프고 가련한 '여자의 마음'.

"웃기지 마!"

자기도 모르게 거친 소리를 내질렀다. 그 강한 기세에, 좁은 골목길을 걸어가던 하얀색 고양이가 겁에 질린 표정으로 뒤돌아보았다.

빛나는 고양이

그 무렵, 나는 가난하고 고독한 젊은이였습니다.

부유하지 못한 것은 지금도 마찬가지지만 그 무렵에는 10엔이나 20엔짜리 동전조차 생각하고 또 생각해서 써야만 하는 생활이었습니다. 의지할 만한 사람도 없었고, 애인은커녕 말을 나눌 친구 한 명 없었습니다.

하지만 그 부자유함과 외로움을 한탄하지는 않았습니다. 꿈을 좇는 일에 열중하여, 다소의 고통쯤은 전혀 신경 쓰지 않았던 것입니다. 분명 그런 열기야말로 젊음의 특권이고, 또 힘이기도 하겠지요.

1970년은 지금 생각해보면 요란스러운 해였습니다.

이를테면 3월부터 오사카에서 개최된 만국박람회는 일본 전체를 뒤흔든 축제였습니다. 어른들도 아이들도 〈전 세계

여러분 안녕하세요〉라는 활기찬 노래를 부르며 인류의 진보와 조화에 취해 있었던 것입니다.

그런 반면, 일본 항공기 요도호가 납치되기도 하고, 프로야구의 검은 안개 소동이 채 가라앉기도 전에 발생한 광화학 스모그로 인해 사람들이 쓰러지는 등, 여러 의미에서 지금 이상으로 눈이 돌아가게 어지러운 나날이었습니다. 작가 미시마 유키오* 씨가 이치가야 자위대 주둔지에서 죽은 것도 그해 11월이었다고 기억하고 있습니다.

하지만 이러한 세상의 소동은 나와는 그다지 관련이 없었습니다. 그 무렵 나는 스물한 살로, 도쿄 변두리에 위치한 낡은 아파트 방에서 그저 묵묵히 만화만 그리고 있었기 때문입니다.

그 무렵의 이야기를 하게 되면 어김없이 차타로가 떠오릅니다. 차타로는 내 아파트에 거의 매일같이 모습을 보였던 고양이입니다. 하얀색 바탕에 엷은 갈색 무늬가 섞여 있었고 더 진한 갈색이 줄무늬를 만들고 있는, 이를테면 하얀 호랑이 같은 녀석이었습니다.

당시 내가 살던 아파트는 낡은 목조건물 1층이었습니다.

---

* 1925~1970. 『금각사』 등 전후세대의 허무주의나 이상심리를 다룬 작품을 주로 발표한 소설가.

아파트라고 하면 요즘 사람들은 각자의 집이 완전히 독립된 것을 상상할지 모르겠지만 그곳은 달랐습니다. 공용 현관에서 신발을 벗고 들어가면 판자를 댄 어두컴컴한 복도 좌우로, 다다미 네 장 반짜리 방이 여러 개 늘어서 있는 곳이었습니다.

장난감 같은 나사식 열쇠가 달려 있는 두꺼운 판자 한 장이 유일한 문이었습니다. 화장실도 부엌도 공동으로 사용하는 구조였던 만큼 당연히 목욕탕 같은 것은 없었습니다. 이런 식으로 설명하면 너무나 가난해 보이지만 당시의 젊은이용 아파트라고 하면 어디나 그런 식이었던 것입니다.

아파트 주변은 블록 벽으로 둘러쳐져 있었는데, 전에 살던 사람이 심었는지 마침 내 방 정면에는 자랄 대로 자란 나팔꽃이 음울하게 휘감겨 있었습니다. 게다가 밑바닥 쪽에는 블록의 절반 정도 되는 구멍이 뚫려 있었습니다. 과거에 음주운전 차가 들이박은 것이라고 하는데, 주인은 그곳을 수리도 하지 않고 그대로 방치하고 있었습니다. 자칫 잘못 건드렸다가는 큰 사고로 연결될 수도 있었던 그 구멍이야말로 차타로가 내 방으로 들어올 때 지나다니는 길이었던 것입니다.

지금에 와서 생각해보면, 이상하게도 그 주변은 고양이가 많았습니다. 주변을 조금만 걸어 다니다 보면 고양이를 몇 마리나 만나게 되었습니다.

이사 온 지 얼마 안 됐을 무렵에는 이상하게 생각했었는데, 사는 동안 아파트에서 5분 정도 떨어진 가쿠지사라는 낡은 절이 고양이들의 은신처라는 것을 알았습니다. 그 경내 앞을 지날 때는 언제나 고양이 몇 마리를 볼 수 있었습니다.

나는 고양이를 아주 좋아했지만 그 마을로 이사 와서는 절대로 고양이와 관계하지 않겠다고 마음먹었습니다. 먹이도 절대 주지 않겠다고 결심했기 때문에 나는 그냥 바라보기만 했습니다.

한 번이라도 먹이를 주면 고양이들은 다음을 기대하게 됩니다. 하지만 가난한 나에게는 늘 먹여줄 만한 여유가 없었습니다. 무언가를 받을 줄 알고 찾아오는 그들의, 기대에 넘치는 눈길을 배신하는 것은 고통스러운 일입니다. 그래서 나는 마음을 다잡고 가능한 한 고양이들과 접하지 않으려고 했던 것입니다.

그 맹세를 깨도록 만든 것이 차타로였습니다.

차타로와의 만남은 지금 생각해봐도 상당히 재미있는 일이었습니다. 아마 그 아파트에 이사 와서 한 달 정도 지난 무렵이었을 것입니다.

어느 날 밤, 내가 만화를 그리고 있을 때 갑자기 무시무시한 고양이 울음소리가 들렸습니다. 뒷마당에서 싸움이 벌어진 듯했는데 방 앞쪽에서 그 절규가 간헐적으로 들려왔습니다.

처음에는 신경을 쓰지 않으려고 했는데 5분이 지나도, 10분이 지나도 끝이 날 것 같지 않아 조금씩 짜증이 나기 시작했습니다.

'대체 언제까지 소란을 피울 작정이야.'

그렇게 생각하면서 나는 창문을 거칠게 열었습니다. 그 소리에 놀란 고양이들이 어딘가로 도망이라도 가기를 기대했던 것입니다.

하지만 예상 밖의 일이 벌어졌습니다. 창문을 여는 순간, 내 배 바로 곁을 스치며 연한 갈색 덩어리가 방 안으로 뛰어들었던 것입니다.

나는 당황하여 휙 물러섰지만 순간, 공중에서 가지런히 발을 모으고 도약하는 갈색 고양이의 모습을 확실히 보았습니다. 아무래도 형세가 불리해지자 내 방 안으로 도망을 친 모양이었습니다. 지면에서 창밖 철책까지 1미터 50센티미터는 되니까 대단한 도약력이라고 할 수 있겠지요.

갈색 고양이는 구르듯 다다미 위에 멈춰 서더니 그대로 책상 밑으로 숨었습니다.

밖을 내다보니 마당에서는 흰색 고양이가 극히 흥분한 듯 팔자걸음으로 어슬렁거리고 있었습니다. 뒤룩뒤룩 살이 찐, 아주 강해 보이는 고양이였습니다.

"뭐야, 너. 쟤가 괴롭혔니?"

책상 밑에서 숨죽이고 있는 고양이를 향해 나는 물어보았습니다. 물론 말이 통할 것이라고 생각한 것은 아니었습니다.

자세한 사정을 알아보려고 바깥으로 눈길을 돌렸을 때, 마당에 있던 고양이와 눈이 마주쳤습니다. 그때 처음으로, 그 고양이의 왼쪽 안구가 하얀 막 같은 것으로 덮여 있다는 것을 알았습니다. 분명히 질이 나쁜 눈병에 걸렸던 것이겠지요.

하얀 고양이는 뭔가를 말하고 싶은 듯 물끄러미 나를 올려다보았습니다. 나를 바라보는 그 눈길에 왠지 모르게 등골이 서늘해지는 기분이 들었습니다.

'기분 나쁜 녀석이군.'

나는 가까이에 있던 종이를 뭉쳐서 아주 힘껏 던졌습니다. 하얀 고양이는 재빨리 몸을 움츠리며 내가 던진 종이 뭉치를 피하려고 그 블록 담 구멍을 통해 정신없이 도망을 쳤습니다.

"어이, 이젠 됐어."

창문을 닫으면서 말을 거니, 알았다는 듯 갈색 고양이는 책상 밑에서 나왔습니다.

"상처는 입지 않았니?"

그 고양이를 안아 들고 나는 말을 걸었습니다. 고양이는 몸을 쭉 뻗으면서 야아아옹, 하고 길게 울었습니다. 여러 가지로 해석할 수 있겠지만 아마 도와줘서 고맙다고 말하는 것이었겠죠.

다다미 위에 내려놓자 고양이는 아주 자연스럽게 방문 앞에 오도카니 앉아 작은 소리로 울었습니다. 마치 그곳이 자신의 장소라고 주장하는 것 같았습니다.

'어쩌면 전 주인이 기르던 고양이였는지 모르겠다.'

그 모습을 보고 나는 그런 생각이 들었습니다. 그렇지 않았다면 아무리 쫓기는 신세라 해도 그렇게 갑자기 낯선 방으로 뛰어들 생각은 하지 않았을 테니까요.

그것이 계기가 되어 그 고양이는 때때로 내 방에 와서 잠을 자고 갔습니다. 아침에 일어나 아르바이트를 가기 전 밖으로 내보내는데 그래도 밤이 되면 당연한 듯 돌아왔습니다. 가끔 오지 않을 때도 있는 것을 봐서 분명 내 방은 여러 휴식 공간 중에 하나였겠지요.

나는 그 고양이를 차타로라고 이름 붙였습니다. 단순히 몸이 갈색이라 지은 이름이었지만 그 의뭉스러운 얼굴에 어울리는 이름이라고 나 스스로도 마음에 들어 했습니다.

차타로는 영리한 고양이였습니다. 방 안에는 만화 원고와 그림 도구, 종이 뭉치 등이 여기저기 널려 있었지만 중요한 것이라고 생각했던지 책상 위나 그 주변에는 얼씬거리지 않았습니다.

한겨울 이외에는 나는 아파트 창문을 조금씩 열어두게 되었습니다. 책상에 앉아 있으면 차타로는 능숙하게 철책을 뛰어올라 자유롭게 방 안으로 들어왔습니다. 그러고 나서 귀찮게 돌아다니는 것이 아니라, 조용히 밤을 보내고 가는 것이었습니다.

그저 그것뿐인데도 내게는 몹시 위안이 되었습니다. 생각해보면 차타로는 그 동네에서 처음으로 만난 친구였던 것입니다.

* * *

내 고향은 눈의 나라입니다.

겨울에는 2미터 이상의 눈이 온 마을을 뒤덮어버리는 곳이어서 별수 없이 집 안에 틀어박혀 지내는 일이 많아지게 되는데, 난 어린 시절부터 그런 생활이 지겹다는 생각을 거의 하지 않았습니다. 그림을 그리는 일, 특히 만화를 그리는 일을 정말 좋아했기 때문입니다.

"넌 종이하고 연필만 주면 있는지 없는지도 모를 정도로 조용한 아이였다."

어머니는 그런 말을 자주 하셨는데, 실제로 나 스스로도 그런 아이였다고 생각합니다.

언제부터 만화를 좋아했는지 너무 오래되어 그 기억조차 희미합니다. 하지만 위로 형이 두 명 있었기 때문에 어릴 적부터 내 주변에는 늘 만화잡지가 있었습니다. 아마 히라가나도 가타카나도 만화로 배운 것이 아닐까 생각합니다.

제일 좋아했던 만화가는 물론 데즈카 오사무* 선생님입니다. 하지만 이시노모리 쇼타로**(당시는 이시모리라고 했습니다) 선생님 그림의 아름다움과 화면 구성, 후지코 후지오*** 선생님의 정교한 스토리, 츠노다 지로**** 선생님의 체온을 느끼게 하는 묘선들에도 나는 완전히 매료되었던 것입니다. 생각해보면 그와 같은 거장들이 줄지어 있었기 때문에 그 무렵의 만화 세계는 정말로 대단했다고 생각합니다.

그런 식으로 만화에 빠져 있던 내가 언젠가 그 길을 걷고 싶다는 생각이 든 것은 너무도 당연한 일이었습니다. 중학 시절부터 작품 비슷한 것을 그리기 시작하면서, 어느 잡지의 신인상 모집에 가끔씩 투고를 하였던 것입니다.

결론부터 말씀드리자면, 내가 그 신인상을 받는 일은 없었습니다. 나처럼 만화가를 지망하는 사람들은 일본 전역에 수없이 많아서 이미 나보다도 두 발, 세 발 앞선 사람들이 많이 있었던 것입니다.

하지만 나에게도 전혀 희망이 없었던 것은 아닙니다. 투고

---

* 1928~1989. 일본 애니메이션의 아버지라 불리는 만화가.
** 1938~1998. 일본의 만화가. 『사이보그009』 『가면라이더』 등의 작가.
*** 1933~1996. 『도라에몽』으로 유명한 일본의 만화가.
**** 1939~. 만화가이자 심령연구가. 『공포신문』 등의 작품으로 유명하다.

를 계속하는 동안 어떤 편집자로부터 연락을 받게 되었던 것입니다.

그분은 내 만화를 칭찬해주면서 그림은 아직 서툴지만 독특한 맛이 살아 있다고 말해주었습니다. 그리고 도쿄로 와 계속 노력해볼 생각이 있으면 응원해주겠다는 편지를 보내주었던 것입니다.

나는 뛰어오를 듯이 기뻤습니다.

지금 생각해보면 그분도 대단한 기대를 걸고 그런 말을 했던 것은 아닌 것 같습니다. 하지만 프로 편집자가 칭찬해주었다는 사실이 내 안에서는 커다란 자신감으로 바뀌었습니다. 어렸던 나는 꿈을 향해 저돌적으로 돌진해보고 싶어져서, 도쿄로 나가고 싶은 마음이 더욱 강해졌던 것입니다.

고등학교를 졸업한 후, 나는 도쿄에서 할 수 있는 일을 찾았습니다. 낮에는 일하고, 밤에는 만화를 그리려고 생각한 것입니다. 다행히 어느 도기 메이커에 취직이 되어 나는 희망으로 부푼 가슴을 안고 상경하였습니다.

하지만 현실은 그렇게 달콤한 것이 아니었습니다. 회사에서 준비해준 사원 기숙사는 네 명이 한 방을 쓰는 것이었는데, 도저히 만화를 그릴 수 있는 환경이 아니었습니다. 방 동료 중 한 명이 왠지 나를 눈엣가시처럼 여겼던 것입니다. 만화를 그리는 것이 못마땅했던지, 시시때때로 방해를 하며 완

174

성된 원고에 커피를 쏟은 일도 두세 번 있었습니다. 분명 취직을 해서도 꿈을 좇는 내가 꼴사나웠겠지요.

나는 3년간 그 공장에서 일했습니다. 하지만 아무래도 만화에 대한 열정을 버리지 못하고, 스물한 살에 회사를 그만두었습니다. 이대로 여기에 있다가는 프로 만화가가 될 수 없다고 생각했기 때문입니다.

그 결심을 시골의 부모님께 전하는 것은 상당한 용기가 필요했습니다. 평범한 삶을 잘 꾸려나가고 있는데 새삼스럽게 무슨 소리냐며 예상한 대로의 대답이 돌아왔습니다. 안정된 삶을 버리고 아무런 보장도 없는 길을 걸어가겠다고 하니, 부모님이 반대하는 것은 당연한 일입니다.

하지만 나는 물러서지 않았습니다.

결과가 어떻게 나오든지 한 번쯤은 있는 힘껏 노력해보고 싶다, 어정쩡한 상태로 있다가는 분명히 나이가 들었을 때 (혹은 갑작스런 죽음을 맞았을 때) 후회의 눈물을 흘릴 것이 틀림없다, 저금과 아르바이트로 먹고살 수는 있으니까 일절 손을 벌리지는 않겠다, 그런 설명을 하면서 나는 부모님을 납득시켰습니다.

내 완고한 성격을 알고 있던 부모님은 불만스러워하면서도 내가 회사를 그만두고 만화에 전념하는 것을 허락해주셨습니다. 하지만 당연히 조건이 붙었습니다. 기한은 3년. 3년을 노력해도 싹수가 보이지 않으면 순순히 고향으로 내려와 취직을 하라는 것이었습니다. 3년 후라고 해도 스물다섯이 채 안 되었을 때니 새 출발 할 수 있다고 생각한 것이겠지요. 물론 나 역시 반대할 의사는 없었습니다.

회사를 그만두고 그 동네로 옮겨간 것은 1970년 봄, 내가 스물한 살 때였습니다. 그 무렵의 도쿄에서는 흔하게 볼 수 있는 동네였는데, 지금 생각해보면 상당히 좋은 곳이었다는 생각이 듭니다.

아파트에서 서쪽으로 15분 정도 걸으면 지하철 역이 있고, 반대 방향으로 10분쯤 가면 도덴 역이 나옵니다. 진보초나 오토와 주변에 집중되어 있는 출판사를 돌아다니기에는 더할 나위 없이 좋은 교통 환경이었습니다.

거기다 아파트 근처에는 커다란 상점가가 있었습니다. 늘 사람들로 붐비는, 300미터 정도의 긴 상점가였는데 필요한 것은 대충 그곳에서 살 수 있었습니다. 아케이드가 있었기 때문에 비 오는 날도 쇼핑하기에 편리했습니다.

분명 '아카시아 상점가'라는 간판이 걸려 있었던 기억이 나는데, 왜 아카시아인지 그 이유는 모르겠습니다. 한 번은 고로케를 사러 자주 들르던 정육점 점원에게 물어본 적이 있습니다만 그도 그 이유를 잘 몰랐습니다.

그 이름 탓인 듯 그 상점가의 작은 레코드가게에서는 늘 〈아카시아 비가 그칠 때〉라는 오래된 노래를 틀었습니다. 그 무렵에도 이미 추억의 멜로디였던 그 노래는 그 상점가와 묘하게 어울리는 듯한 느낌도 들었습니다.

식료품을 사러 가거나, 책방을 들르거나 하면서 나는 하루에 한 번은 반드시 상점가로 발길을 향했습니다. 특히 자주 들렀던 곳은 '사치코 서점'이라는 헌책방이었습니다.

그곳은 대략 20평 정도의 크기로, 가게 안에는 언제나 백발의 주인이 앉아 있었습니다. 지적인 분위기에 눈빛이 번뜩이는 문학자 같은 풍모였습니다만, 말을 나누어보니 의외로 싹싹한 면도 있는 사람이었습니다. 가까이 다가가기 어렵게 느껴지는 것은 눈썹이 50도 정도의 각도로 위를 향하고 있기 때문인데 그래서 늘 화난 것처럼 보였습니다.

주인은 쉴 새 없이 담배를 피우고 있었습니다. 대단한 애연가로, 손님이 있거나 없거나 상관을 하지 않았습니다. 나도 그때나 지금이나 담배를 피웁니다만 그 사람에게는 유난히 담배 연기가 잘 어울린다는 느낌을 받았습니다.

단 한 가지 마음에 들지 않았던 것은 그가 만화라는 것에 그다지 이해심을 갖지 않았다는 것입니다. 사치코 서점에도 만화책은 몇 권 있었지만, 서점 안에는 놓여 있지 않았습니다. 밖에 있는 가두용 받침대 위에 몇 권 쌓아놓고, 가격도 공짜에 가까웠습니다. 그것은 결국 주인이 만화에 별로 가치를 두지 않는다는 뜻입니다. 책을 사야 하는 내 입장에서는 크게 도움이 되었지만.

내가 언제나 만화만 샀기 때문인지 어느 날, 주인이 말을 걸어왔습니다.

"만화가 그렇게 재미있어요?"

나는 당장에 가슴을 펴고 대답하였습니다.

"물론이지요."

"그렇군요…… 난 별로 안 맞아서."

난 당당하게 만화의 매력에 대해 말하였습니다.

하지만 매력이라는 것은 말로 전할 수 있는 것이 아닙니다. 특히 만화의 매력은 다각적입니다. 스토리가 재미있고, 그림이 좋고, 구성이 훌륭하다 등등, 여러 가지 요소가 어우러져서 멋진 작품이 나오는 것입니다.

그것을 단번에 주인에게 설명하는 것은 무리였습니다. 데즈카 선생님과 같은 일류 만화가의 작품을 실제로 읽어보는 수밖에 없는 일이겠지요.

하지만 나는, 조금은 주인의 코를 납작하게 눌러주고 싶었기 때문에 카운터 위에 있던 메모 용지와 연필을 빌려 주인의 얼굴을 그려서 보여줬습니다. 더 나아가 늘 담배를 피워 연기를 내뿜고 있었기 때문에 몸은 증기기관차의 형태로 그려넣었습니다.

'화를 낼까?'

우물쭈물 보여주자 그는 눈을 가늘게 뜨며 재미있다는 듯 웃었습니다.

"이게 접니까? 정말 잘 그리시네요."

주인은 그 그림이 아주 마음에 든 모양이었습니다.

그 이후 주인은 나를 '만화총각'이라고 불렀고, 우리는 말을 트고 지내게 되었습니다. 그뿐만 아니라 내가 갖고 싶어하는 만화잡지를 도매상에서 찾아주기도 했던 것입니다.

이를테면 헌책방 주인은 그 마을에서 사귄 두 번째 친구였습니다. 부자지간 이상으로 나이 차이가 나기 때문에 끝내 이름은 알지 못하였습니다만.

* * *

그 이상스러운 것이 내 방에 나타난 것은 1970년 12월의 밤이었습니다.

그날 저녁 무렵 나는 크리스마스 분위기로 시끌벅적한 상점가 안을 터벅터벅 걸어가고 있었습니다. 언제나 〈아카시아 비가 그칠 때〉만 틀던 레코드가게도 크리스마스 캐럴을 틀어서 들뜬 분위기에 박차를 가했습니다. 그러나 그 떠들썩함이 내 귀에는 거슬리기만 했습니다.

"어이, 만화총각!"

사치코 서점 앞을 지날 때, 주인이 말을 걸어왔습니다. 가게 앞에 세일할 책들을 늘어놓고 있던 중이었습니다.

"마침 잘됐군.『소년 매거진』이 들어왔는데 가져갈 텐가?"

그해 여름, 조지 아키야마 선생님의『아슈라』라는 작품에 잔혹한 묘사가 있다고 해서 발표 금지와 게재지가 회수를 당하는 불운을 겪었습니다. 나는 아직 그 잡지를 보지 못했기 때문에 찾아줄 것을 당부해두었던 것입니다.

"아아, 감사합니다. 가져가겠습니다."

"근데, 왜 그렇게 축 처져 있어? 감기라도 걸렸나?"

힘이 빠진 내 목소리를 듣고 주인은 미간을 찡그리며 물었습니다.

"아니에요. 기운이 펄펄 납니다."

나는 약간 아부의 미소를 띠며, 원래는 프리미엄이 붙어야 할『소년 매거진』을 평소대로 10엔에 샀습니다.

솔직히 말하면 그날 나는 정신적으로 상당히 힘들었습니다. 어느 출판사에 만화 원고를 가져갔다가 실컷 깨졌기 때문입니다.

지금은 다를지 몰라도 만화가가 되기 위한 왕도는 직접 들고 찾아가는 것이었습니다. 완성된 원고를 손에 들고 끈기 있게 여러 잡지사를 돌아다니는 것입니다. 일종의 행상과 같은 것이라고 말하면 이해하시겠습니까?

원래 내성적인 성격의 나입니다만 몇 번이고 원고를 들고 다니면서 낯짝이 상당히 두꺼워졌다고 생각하고 있었습니다. 약간의 무시를 당하는 것 정도로 낙담을 한다면 미래를 어떻게 헤쳐 나갈지 알 수 없는 일이기 때문입니다.

하지만 그날 말을 나눈 편집자는 너무나도 심했습니다. 어쩌면 나를 화풀이 대상으로 삼았는지도 모르겠습니다.

물론 전혀 근거가 없는 말만 했다면 그토록 낙담하지는 않았겠지요. 하지만 그의 말은 모두 정확하게 허를 찌르고 있었기 때문에 더한층 움츠러들었던 것입니다.

"자네의 만화는 한마디로 틀렸어. 대사도, 캐릭터도, 어딘가에서 본 것 같은 느낌을 받게 하는군."

그 무렵의 내 그림은 데즈카 오사무 선생님의 영향을 크게 받고 있었습니다. 만화가 지망생은 누구나 크든 작든 좋아하는 작가의 영향을 받는 법입니다.

"누군가랑 똑같은 사람은 필요 없어. 진짜한테 부탁하면 되니까. 오리지널리티가 있어야 한다는 말이야."

완전히 그의 말대로입니다. 명명백백 진실입니다만 나는 그의 말에 쇼크를 받았습니다. 그의 말투가 실제로는 몇십 배나 더 심했던 탓인지도 모르겠습니다.

"좀 더 난센스한 것을 그려보지. 지금 유행하는 건 파렴치야. 코피가 팍 터지는 거!"

그 무렵 나가이 고 선생의 『파렴치 학원』과 다니오카 야스지 선생의 난센스 만화가 크게 히트를 치고 있었습니다. 나도 애독하고 있었습니다만 어디까지나 독자로서 즐겼을 뿐, 같은 것을 그리려고도, 또 그릴 수 있다고도 생각한 적은 없었습니다.

"뭐, 자네 같은 사람은 취미로 그리는 게 좋아. 해 바뀌기 전에 짐을 싸서 고향으로 내려가는 게 어떻겠나?"

그 말은 꿈을 좇는 인간에게 있어서는 사형선고와 마찬가지입니다. 나는 잠시 동안 입을 떼지도 못할 만큼 충격을 받았습니다.

아파트 방으로 돌아와 헌책방 근처 주류상점에서 산 포켓 위스키에 수돗물을 타서 홀짝거리며 마셨습니다. 원래 나는 알코올에 강한 사람이 아닙니다. 가족들은 모두 강한데 웬일인지 나만 약했습니다. 물 탄 위스키 두 잔이면 이미 곤드레만드레입니다.

하지만 그날은 어쩐 일인지 아무리 마셔도 취하지 않았습니다. 편집자의 말이 떠오를 때마다 슬프기도 하고 분하기도 한 기분이 솟구쳐 올라와 그 흥분된 감정이 취기를 날려버리는 것이었습니다.

시각은 아마 10시 무렵이었던 것 같습니다.

갑자기 창밖 철책에서 둔한 소리가 들렸습니다. 나는 차타로가 왔나 했습니다만 평소보다 훨씬 작은 소리 같았습니다.

창문을 약간 열고 내다보니, 거기에 있던 것은 역시 차타로가 아니었습니다.

'저건, 뭐야······.'

내 눈으로 뛰어든 것은 어슴푸레한 푸른 빛을 띤 5센티미터 정도의 흰 공이었습니다. 보이는 대로 말하자면 '빛나는 탁구공' 같다는 표현이 더 딱 들어맞는 모습이었습니다. 그런 기묘한 것이 철책 난간 위에 정지한 채 있는 것이었습니다.

나는 눈을 비비면서, 몇 번이고 그 원형의 빛을 보았습니다. 그 시선에 대답이라도 하듯 공은 좌우로 희미하게 흔들리고 있었습니다.

그 빛은 하늘의 보름달을 훨씬 작게 만들어 불투명한 유리 상자 속에 넣은 것 같았습니다. 공의 윤곽이 확실하지 않아서 중앙이 빛나고 있는 건지 전체가 빛나고 있는 건지 판단할 수도 없었습니다.

'기분 나쁜데.'

나는 슬쩍 벽에 세워져 있던 대빗자루로 손을 뻗었습니다. 그사이에 빛의 공은 조용히 철책 위에서 창살 쪽으로 미끄러지듯 내려왔습니다. 그렇습니다. 그것은 분명히 '떨어지지' 않고 자신의 의지를 가지고 틀림없이 '내려'왔습니다.

마치 방 안을 살펴보듯이 잠시 동안 공은 창살 위를 바삐 왔다 갔다 했습니다.

'도깨비불?'

문득 머릿속에 그 말이 떠올랐습니다. 그러자 심장이 급하게 뛰기 시작하면서 손바닥에서 땀이 배어나왔습니다.

하지만 지금까지 갖고 있었던 도깨비불의 이미지와는 다르다는 느낌도 들었습니다. 도깨비불이라는 것은 긴 꼬리를 끌며, 공중을 훨훨 어지럽게 날아다니는 것이 아니겠습니까. 조심스럽게 방 안을 들여다보는 모습은 도깨비불이라기보다는 마치 고양이 같았습니다.

'설마…… 차타로?'

내 뇌리에 하얀 바탕에 갈색 무늬가 있던 고양이의 모습이 떠올랐습니다. 생각해보면 이 공의 움직임은 어딘지 모르게 고양이와 닮았다는 느낌이 들었습니다.

나는 깊이 숨을 들이마시고 늘 차타로를 부를 때처럼 츳츳 츳…… 하고 혀를 차보았습니다.

그 소리를 들은 빛나는 공은 기쁜 듯 희미하게 좌우로 흔들리더니 조용히 방 안으로 들어왔습니다. 다다미 위 2센티미터 정도 높이의 위치에 떠서 천천히 움직이고 있었습니다.

이윽고 방구석에 놓여 있던 물 접시로 다가가더니 그 위에서 공은 조용히 흔들렸습니다. 물을 마시는 고양이의 움직임

그대로였습니다.

'정말로 차타로인가?'

공을 자극하지 않도록 나는 네 발로 기어서 접근했습니다. 천천히 상하로 움직임을 반복하던 공은 순간, 움직임을 멈췄습니다. 자세히 보니 접시 안의 물에 가벼운 파문이 일고 있었습니다. 즉, 그 공은 실제로 형태가 있는 것으로서 존재하고 있었던 것입니다.

나는 다다미 틈새를 손톱으로 긁어보았습니다. 차타로와 자주 하던 놀이였습니다.

공은 잠시 공중에서 움직임을 멈추더니, 내 손가락의 움직임에 맞춰 떨었습니다. 그러다가 몇 초 후에는 상당히 빠르게 내 손가락 끝으로 부딪쳐 왔습니다. 차타로가 앞발로 내 손가락을 누르는 타이밍과 흡사했습니다.

이것은 역시 도깨비불이 아니라 고양이불인지도 모르겠다는 생각이 들었습니다. 그렇다면 차타로의 신변에 무슨 일이 있었던 것일까요?

"이 녀석, 몸은 어디다 두고 왔니?"

그렇게 말하면서 슬쩍 손가락으로 빛나는 공을 쓰다듬어보았습니다. 어렴풋이 따뜻하고, 결이 고운 스티로폼 같은 느낌이었습니다.

마치 고양이의 머리를 쓰다듬을 때처럼 공은 내 손에 비벼

대며 다가왔습니다. 그 중심에서 목을 울리는 것 같은 진동이 전해져 왔습니다.

'역시, 틀림없어.'

이것은 차타로의 영혼이다, 나는 그렇게 결론짓는 것을 조금도 비약이라고 생각하지 않았습니다.

분명히 차타로는 어딘가에서 죽은 것이겠지요. 하지만 그런 사실을 알지 못하고 영혼의 모습으로 돌아온 게 아니었을까요.

내가 손을 내미니까 공은 조용히 위로 올라왔습니다. 엽서한 장보다도 가볍고, 매우 질이 좋은 티슈페이퍼와 같은 부드러운 감촉이었습니다.

* * *

그날 빛의 공은 내가 자리에 들 때까지 방에 있었습니다. 차타로가 늘 웅크리고 있던 장소와 약간 떨어진 구석에서 꼼짝도 하지 않고 있었던 것입니다. 방의 불을 *끄*자 어렴풋이 빛이 강해지더니 한층 신비하게 보였습니다.

차타로는 정말 죽은 것일까…… 하고 생각하니 가슴이 아팠습니다.

사람을 잘 따르던 그 꼬마 고양이는 어디서 어떤 식으로 생명을 잃은 것일까요. 전날에도 이 방에 들렀기 때문에 병이 들었다고는 생각할 수 없었습니다. 그렇다면 차에 치인 것일 지도 모릅니다.

'불쌍하게도. 적어도 어디서 어떻게 죽었는지만이라도 알고 싶다.'

그날 밤, 나는 그런 생각을 하면서 잠이 들었습니다.

다음 날 눈을 떠보니 고양이의 빛은 사라졌습니다. 몸이 있 던 차타로라면 창문을 열어주어야만 밖으로 나갈 수 있습니 다만 영혼뿐이라면 작은 틈새를 통해서도 밖으로 나갈 수 있 겠지요.

나는 평소대로 아르바이트를 갔다가 돌아오는 길에 헌책방 을 들렀습니다. 달리 말할 상대도 없었기 때문에 나는 주인에 게 고양이의 빛에 대해 이야기를 꺼냈습니다.

"야아, 그런 일이 있었군."

놀림을 받지 않을까 생각했었는데 주인은 그런 비현실적인 이야기를 간단히 믿어주었습니다.

"자네 집 근처에 있는 가쿠지사라는 절에는 예로부터 저세 상과 통하는 문이 있다는 소문이 있지. 그래서 그런 종류의 이야기는 적잖이 들어왔네."

주인은 평소대로 담배에 불을 붙이면서 말했습니다.

나는 약간 의외라는 생각이 들었습니다. 변두리에 위치한 서민동네이긴 하지만 도쿄라는 도시 안에서 그런 민화 같은 전설이 이어져 내려오는 장소가 있다고는 생각도 못했기 때문입니다. 또 이 주인같이 이지적인 사람이 영혼의 존재를 극히 당연한 듯이 믿고 있는 것도 이상해 보였습니다.

"그럼 이 근처에서 뭔가 이상한 일이라도 있었다는 말씀이세요?"

"만화총각, 많은 사람들이 모여 살다 보면 기묘한 이야기 하나둘쯤이야 있기 마련이지. 별로 신경 쓸 일은 아니네. 얼마 있다 보면 익숙해질 테니까."

주인은 50도 눈썹을 찡끗거리면서 말했습니다.

과연, 그 말은 진실이었습니다. 처음에는 놀라운 사건도 몇 번이고 계속되다 보면 익숙해집니다. 나도 그랬습니다.

고양이의 빛은 그로부터 매일 밤마다 내 방에 나타났습니다. 신문사나 방송국에 제보를 하면 분명히 시끄러워질 만한 사건임이 틀림없었습니다만(눈앞에서 영혼을 볼 수 있다니, 그리 흔한 일은 아니니까요), 왠지 그때의 나로서는 그런 생각이 전혀 머리에 떠오르지 않았습니다. 또, 사진을 찍어놓고 싶은 생각도 들지 않았습니다.

정말로 기묘한 이야기지만 3일 정도 계속 나타나다 보니까 나는 그 존재가 그다지 신경 쓰이지 않게 된 것입니다.

그것은 생김새가 다르다는 것과 음식을 먹지 않는 것만 빼면 그냥 평범한 고양이였습니다.

예를 들면 지우개 찌꺼기를 털어내는 깃털 붓으로 표면을 쓰다듬어주면, 기쁜 듯 흔들리다가 나중에는 착 달라붙습니다. 또 손에 올려서 다른 손으로 쓰다듬어주면, 목젖이 울리듯이 가늘게 떨었습니다. 그것이 고양이의 반응이 아니고 무엇이겠습니까?

물론, 때때로 거칠어지기도 했습니다. 방에서 고양이를 키우다 보면 갑자기 의미도 없이 뛰어다니며 노는데, 고양이 빛도 그랬습니다. 탁구공이 튀는 것처럼 벽에 부딪히기도 하고 책장 위에 올라가기도 하며, 마치 방 안이 커다란 슬롯머신 기계인 것처럼 엄청난 기세로 뛰어 돌아다니는 것입니다.

평소에 몸이 있는 차타로가 그런 짓을 하면 방의 피해는 대단했겠지요. 하지만 고양이 빛이라면 그런 걱정은 필요 없습니다. 너무나 가볍기 때문에 무언가가 깨지거나 떨어질 염려는 없었습니다. 소리도 나지 않았고, 머리나 몸에 부딪혀도 아프지도 가렵지도 않았습니다. 여름날에 파리가 한 마리 들어오는 것이 훨씬 더 귀찮았을 것입니다.

그런 상황에 익숙해진다는 것도 지금 생각해보면 이상한 일입니다만 일주일 정도 지난 무렵에는 나는 아무런 의문도 느끼지 않게 되었습니다. 젊음이 주는 느긋함 때문이었겠지만 아무런 방해도 되지 않는데 필요 이상으로 신경 쓸 이유가 없다고 생각하게 된 것입니다.

거기다 또 하나, 생각해보면 이상한 일이 있었습니다.

그때 나는 편집자에게 혹평을 받고 심하게 낙담한 상태였음에도 불구하고 어느 순간부터 원기를 되찾고 있었던 것입니다.

고양이나 개를 쓰다듬으면 일종의 치유 효과가 있다는 이야기를 예전에 들은 적이 있습니다. 아마도 나 역시 그랬던 것인지 모릅니다.

만화를 그리다가 피곤해지면 책상에 앉은 채, 츳츳츳 하고 혀를 찹니다. 그러면 고양이 빛은 공중을 날아, 스르르 내 손위에 내려앉습니다.

손가락 끝으로 그 표면을 쓰다듬어주면, 이상하게도 마음이 안정되었습니다. 빛의 중심부가 편한 듯 떨려오면 그것이 내 마음에도 전해져오는 것 같았습니다. 10분 정도 그러고 있으면 왠지 나도 쓸모 있는 인간일지 모른다는 생각이 드는 것이었습니다.

*　*　*

이 기묘한 일은 결국 예상치 못한 결말을 맞이했습니다.

정초가 임박한 12월 30일 밤, 고양이 빛이 처음으로 방에 나타난 지 열흘 정도가 지났을 무렵입니다.

그날도 고양이 빛은 방으로 찾아왔습니다. 나는 그때, 고다츠[●]에 다리를 묻고 만화의 밑그림을 그리는 데 열중해 있었습니다. BGM 대신에 화면이 좋지 않은 휴대용 TV로 가요 프로그램을 틀어놓고, 함께 흥얼거리고 있었던 것입니다.

아마 그해의 히트곡 영상을 총정리한 프로그램이 아니었나 생각합니다. 레이스 커튼 너머로 보는 듯한 흑백 화면에는 내가 제일 좋아하는 후지 게이코가 등장해서, 대 히트곡인 〈게이코의 꿈은 밤에 열리다〉를 노래하고 있었습니다. 지금은 그녀의 자녀도 유명인사가 됐습니다만 나와 같은 세대의 사람들은 후지 게이코의 가성에 특별한 추억을 가지고 있을 것입니다.

그때 고양이 빛은 내 무릎 위에서 잠들어 있었습니다.

영혼이 잠이 든다는 것도 기묘한 이야기입니다만 내 책상다리의 우묵한 곳 한가운데서 꼼짝도 하지 않고 있었으니까, 틀림없이 잠들어 있었다고 생각하는 것입니다. 생각해보면 하루의 반은 잠들어 있던 고양이의 영혼이었으니까 그것도 당연한 일인지도 모르겠습니다.

문득 어딘가에서 고양이의 울음소리가 들렸습니다.

● 테이블처럼 생긴 일본 고유의 난방장치.

고양이 빛이 소리를 내는 줄 알았더니 그것은 아니었습니다. 역시 몸이 없는 신세여서인지 소리를 내는 일도 없었던 것이지요.

그 소리에, 고양이 빛도 눈을 뜬 모양이었습니다. 슬쩍 내 무릎에서 내려가더니 미끄러지듯 움직이며 늘 자리를 잡고 있던 방구석으로 이동하였습니다.

잠시 후 다시 고양이 소리가 들렸습니다. 창문 바로 밑에서 들리는 것 같았습니다. 나는 이상하게 생각하면서 창가로 가서 커튼을 열고 밖을 내다보았습니다.

창 아래에는 눈에 익은 고양이 한 마리가, 오도카니 앉아서 이쪽을 올려다보고 있었습니다.

"차…… 차타로!"

나는 나도 모르게 소리를 질러버렸습니다. 급히 창을 열자, 몹시 몸이 더러워진 차타로가 이전과 마찬가지로 철책 위로 뛰어올라 왔습니다.

"너, 살아 있었구나!"

그 말에 차타로는 야아옹— 하며 길게 울더니 아주 당연하다는 듯 안으로 들어왔습니다. 꼬리를 획획 내저으면서 오랜만에 찾아온 방 안을 둘러보고 있었습니다.

이윽고 구석에 있던 빛나는 공의 존재를 알아챈 차타로가 우뚝 멈춰 섰습니다. 기분 좋게 세워져 있던 꼬리가 식물이

시들듯 축 처져버렸습니다.

"네가 아니라면, 저 빛은 뭐야?"

차타로와 대화가 되리라고 생각한 것은 아니지만 나는 무심코 중얼거렸습니다.

고양이에게 있어서도, 그 빛나는 공은 이상한 것이었겠지요. 차타로는 몸을 낮추고 방구석의 빛을 물끄러미 바라보고 있었습니다. 귀가 처져 있는 것으로 봐서 공포를 느끼고 있었는지도 모릅니다.

잠시 뒤, 빛의 공이 갑자기 움직이기 시작했습니다. 방문 쪽으로 가더니 몸을 과자처럼 얇게 만들어 문 틈을 통해 밖으로 나갔습니다.

나는 무의식중에 그 뒤를 따랐습니다. 문을 열고 아파트 복도 쪽으로 얼굴을 내미니 어두컴컴한 바깥에서 빛의 공은 천천히 이동하고 있었습니다. 그 속도는 고양이와 완전히 같았습니다.

나는 벽에 걸어둔 잠바를 입고 뒤를 쫓았습니다. 저 고양이 빛이 차타로의 영혼이 아니라면 도대체 무엇이었던 것일까요? 나는 그것이 알고 싶었던 것입니다.

빛의 공은 천천히 이동하면서 아파트 뒷문으로 나와 그대로 마당 쪽을 향했습니다. 나는 허겁지겁 누구 것인지도 모르는 샌들을 신고 그 뒤를 따랐습니다.

12월의 차가운 바람 속에서 그 청백색 빛은 더한층 맑아 보였습니다. 정말로 달의 한 조각이 땅 위를 기어가는 것 같았습니다.

이윽고 빛은 블록 벽 틈새를 통해 밖으로 나갔습니다. 내가 그곳을 통과하는 것은 무리였으므로 갈라져 있지 않은 벽 쪽을 뛰어넘었습니다.

어두운 지면에 닿을 듯 말 듯 떠서, 빛은 천천히 이동하였습니다. 거리가 너무 떨어져버리면 때때로 멈춰 서서 묵묵히 기다렸습니다. 그리고 일정한 거리로 다가가면 다시 움직이기 시작했는데, 마치 내가 뒤따라오는 것을 기다리고 있는 것 같았습니다.

'여기는……'

순식간에 도달한 곳은 가쿠지사였습니다. 이전에는 아무렇지도 않게 생각했었지만 사치코 서점의 주인에게 기묘한 이야기를 들은 후, 가까이 다가가기 어려운 느낌이 들던 장소였습니다. 여기는 저세상, 즉 사후의 세계와 이어져 있다고 합니다.

빛의 공은 작은 문과 지면 사이로, 태연스럽게 미끄러져 들어갔습니다. 나는 어찌해야 좋을지 몰랐습니다. 무서운 것은 보고 싶지 않았기 때문입니다.

하지만 내가 따라오지 않아서 안절부절못했는지 빛의 공은 수시로 문 밑으로 나왔다가는 다시 안으로 들어가기를 반복하였습니다. 역시 나를 부르고 있는 것이었습니다.

나는 문 가까이에 가서 살짝 밀어보았습니다. 잠겨 있지 않았기 때문에 당연하게 열렸습니다. 역시 묘지 쪽으로 가는 것이 아닐까, 하고 제정신이 아닌 머리로 생각했습니다만 뜻밖에도 빛의 공은 돌길 위를 미끄러지듯 똑바로 본당 쪽을 향했습니다. 이윽고 공중에서 두 번, 세 번 커다란 원을 그린 후, 그대로 빨려 들어가듯 본당 밑 어둠 속으로 들어가더니 갑자기 사라졌습니다.

나는 그 장소를 열심히 들여다보았습니다만 습기 찬 먼지 냄새만 날 뿐 어두워서 아무것도 보이지 않았습니다. 고양이라면 보일지 모르겠지만 인간에게는 아무래도 무리였습니다.

나는 일단 방으로 돌아와 벽장에서 회중전등을 꺼내들고 다시 그 장소로 가보았습니다. 그리고 안쪽을 비춰보니 기둥 뒷면에 하얀 고양이의 사체가 둥근 덩어리처럼 있었습니다.

나는 그 고양이를 본 기억이 있습니다.

언젠가 차타로를 뒤쫓고 있던 눈병을 앓던 하얀 고양이였습니다. 그때보다 마르긴 했지만 틀림없었습니다.

습도나 통풍 등의 조건이 우연히 맞았던 탓인지 사체는 바싹 말라서 미라처럼 되어 있었습니다. 고통스러운 단말마의 표정이 아니라 귀엽게 눈과 입을 닫고, 마치 잠든 것 같은 얼굴을 하고 있었습니다. 회중전등의 빛을 반사할 정도로 하얀 털에는 아직도 윤기가 흐르고 있었던 것입니다.

겉으로만 봐서는 그 사인을 알 수 없었습니다. 반듯하게 앞발을 모으고 잠들어 있는 모습 그 자체였기 때문입니다.

고양이는 자신의 유해를 보이지 않는다는 말이 있습니다. 실제로는 몸 상태가 정상이 아니기 때문에 다른 동물들에게 공격받지 않기 위해서 몸을 숨기는 것이라고 합니다만 그 고양이는 정말로 각오를 하고, 그 본당 밑을 최후의 장소로 정한 것처럼 보였습니다.

그래도 이 고양이는 틀림없이 쓸쓸했던 것이겠지요. 누군가에게 응석이라도 부리고 싶었던 것이겠지요.

그래서 영혼의 모습으로 동네를 돌아다니다가 내 방까지 온 것임이 틀림없습니다. 그때 차타로와 마찬가지로, 자신도 방 안으로 들어오고 싶었던 것이었을까요?

'이 세상에는…… 쓸쓸한 존재들이 수없이 많다.'

그 고양이의 사체를 보고 있으니 왠지 그런 생각이 가슴을 짓눌렀습니다.

분명히 그것은 고양이뿐만 아니라 인간도 마찬가지겠지요. 내가 혼자 생활에 쓸쓸함을 느끼고 있듯이, 분명히 누군가도 어딘가에서 쓸쓸함을 느끼고 있는 것입니다. 내 아버지도 어머니도, 내 작품을 혹평했던 편집자도, 헌책방 주인도, 분명히 이 고양이와 같은 쓸쓸함을 마음속에 키우고 있을 것입니다. 나는 왠지 그런 생각이 들었습니다.

"그때, 너를 쫓아버리다니 미안했다."

나는 입고 있던 잠바로 고양이의 사체를 싸서 아파트까지 데리고 왔습니다. 그리고 다음 날, 빛이 잘 드는 마당 한 구석에 묻어주었습니다. 다행히도 대부분의 입주자들은 연말이라 고향으로 돌아갔기 때문에 누구의 불평도 듣지 않았습니다.

＊　＊　＊

결국 나는 부모님과 약속한 3년 동안, 만화가로서의 자질을 꽃피울 수 없었습니다. 물론 열심히 노력했기 때문에 후회는 없었습니다.

"만화총각이 없어지면 쓸쓸해지겠는데……."

나는 아파트를 정리하고 고향으로 돌아가기 위해 역으로 향하던 도중에 사치코 서점에 들렀습니다. 생각해보면, 그 마을에서 3년간 보내면서 맺었던 인간관계란 그 노인뿐이었습니다.

차타로와의 이별은 그 전날에 끝냈습니다. 다른 집에서 밥을 얻어먹는다는 것을 알았기 때문에 나중 일은 별로 걱정하지 않아도 좋을 것 같았습니다.

"여러 가지로 신세를 많이 졌습니다."

"별로 도와준 기억은 없네만."

내 인사에 주인은 웃음을 띠었습니다. 모든 가재도구를 처분하고 만화를 그리는 도구만 넣은 가방 안에서, 나는 세븐스타 세 갑을 꺼내 주인에게 건넸습니다.

"그렇게 말씀하시니 꺼내기도 뭐합니다만 이거 받아주십시오. 하지만 너무 많이 피우시지는 마세요."

나한테서 담배를 받은 주인의 입이 실룩대다가 곧 꾹 하고 닫히는 것을 보았습니다.

"그럼, 만화총각, 이건 내 마음일세."

그렇게 말하면서 주인이 카운터 위에 올려놓은 것은 켄트지 묶음이었습니다.

켄트지는 만화를 그리는 데 최적이었지만 값이 상당히 나가는 종이입니다. 내가 언젠가, 이 종이가 비싸다고 한탄하던 것을 기억해준 것이겠지요.

"뭐, 만화가 도쿄 아니면 못 그리겠나. 좋아하는 일이라면 어딜 가서도 계속할 수 있으니까."

뜻하지 않은 주인의 호의와 말에, 나는 자칫 눈물이 날 뻔했습니다. 그저 헌 만화책을 사러 온 나한테 왜 이렇게 친절하게 대해주는지 이상할 정도였습니다.

"난 옛날에, 어떤 사람의 꿈을 부숴버린 일이 있었다네. 그게 지금도 후회가 돼서……. 그래서 지금은, 꿈을 갖고 사는 사람을 가능한 한 응원해주고 싶어."

급기야 눈물을 보인 내게, 주인은 중얼거리듯 말해주었습니다.

그 이야기를 자세히 듣고 싶었지만 기차 시간이 허락하지 않았습니다. 이윽고 나는 주인과 이별하고 그 마을을 떠났습니다.

고향으로 돌아온 나는 어느 단체의 직원이 되었습니다. 지금까지 이상으로 바쁜 생활이었지만 만화는 계속 그렸습니다. 솔직히 힘에 부친다는 생각이 들 때도 있었지만, 그때마다 왠지 내 손에 앉아 놀던 그 고양이 빛의 감촉이 떠올랐습니다.

그것은 틀림없이 가쿠지사 본당 밑에서 죽었던 고양이의 영혼이었겠지요. 한 마리의 고양이로 태어나, 혼자서 죽어간 쓸쓸한 영혼입니다.

슬플 정도의 그 가벼움. 그것을 떠올릴 때마다 나는 조금만 더 힘써보자고 생각했습니다. 살아 있기 때문에 꿈을 좇을 수도 있는 것입니다.

서른을 넘겨 나는 겨우 염원을 이룰 수 있었습니다. 어느 청년지의 신인상을 받게 된 것입니다. 프로 만화가로서는 늦은 스타트였지만 그런 것쯤은 조금도 문제가 되지 않았습니다.

나도 지금은 만화가의 한 명으로 이름을 올리고 있습니다. 1년에 한 권 단행본이 나오면 다행이고, 그리 썩 잘 팔리지도 않지만 그래도 독자들의 응원을 받아가며 작품을 발표하고 있습니다.

몇 년 후, 무슨 일로 상경했을 때 나는 그리운 그 동네를 다시 찾았습니다.

내가 살았던 아파트는 작고 화려한 맨션으로 바뀌어 있었지만 가쿠지사는 옛 모습 그대로였습니다. 나는 본당 밑으로 슬쩍, 생선 조각을 밀어넣고 손을 합장하였습니다. 물론 아카시아 상점가에서 산 것입니다.

상점가는 크게 바뀌지는 않았습니다만 빗살이 빠지듯 군데군데의 가게가 폐점된 상태였습니다. 사치코 서점도 그중 하나였습니다. 그 주인이 지금 어떻게 되었는지 알 수는 없지만 연령상 이미 저세상 사람이 되었다고 생각하는 것이 자연스럽겠지요. 하지만 분명히 어딘가에서 내 만화를 읽어줄 것이라는 느낌이 강하게 들었습니다. 그 화난 듯한 얼굴을 느슨하게 풀고, 증기기관차처럼 담배 연기를 내뿜으면서.

따오기의 징조

어이, 또 왔나.

자네, 얼마 전에 오카바야시 노부야스의 〈나를 단죄하라〉를 가져갔었지. 아직 보름도 채 지나지 않았는데 어땠나?

최고? 음, 그렇겠지. 그건 상태도 좋았고, 수록곡도 모두 최고였지. 〈야마타니 블루스〉에 〈친구여〉, 거기다 전설의 명곡 〈편지〉까지 들어 있으니까. 가격이 좀 불만스러웠겠지만 우리도 장사 아닌가. 그 정도는 이해해주게나.

역시 포크송은 레코드로 들어야 해.

CD나 MD도 좋지만 아무래도 나한테는 소리가 너무 가볍다는 생각이 들거든. 바늘을 놓을 때 스피커가 사아악 하고 울리는 동안 느껴지는 그 긴장감이 견딜 수 없을 만큼 좋아서 말이야.

그럼, 오늘은 이런 걸 올려볼까. 요시다 다쿠로의 〈인간이란〉이야. 이것도 역시, 레코드로 들어야 제 맛이지. 뭐니 뭐니 해도 기타 소리가 섹시하거든.

에? 나도 좋아하냐고……. 그야, 좋아하지 않으면 요즘 세상에 누가 중고 레코드가게를 하겠나?

자랑은 아니지만 고교 시절에 오카바야시를 들은 후로 하루라도 포크송을 안 듣는 날이 없었지. 그래서…… 대충 40년인가. 하하하, 나도 나이를 먹을 수밖에. 정신을 차리니 어느새 50이 넘어버렸으니 말이야. 인생이란 눈 깜짝할 사이야.

오늘은 왠지 좀 추운데. 좋아, 서비스로 내가 직접 커피를 내려주지. 원두는 슈퍼에서 파는 싸구려지만 내리는 방법 하나는 끝내준다니까.

그 대신에 잠깐 옛날이야기 상대가 되어줄 텐가. 아니, 그렇게 시간은 걸리지 않아. 이 레코드의 마지막 곡을 들을 때면 끝날 테니까.

갑자기 왜 그러냐고? 하하하, 뭐 기분 전환이라고나 할까.

자네, 우리 가게는 누구한테 들었나? 인터넷 홈페이지? 아아, 그렇군.

나는 자랑은 아니지만 컴퓨터는 잘 몰라. 그건 전부 마누라가 맡아 하고 있지. 그 사람은 옛날부터 글을 쓰거나 그림 그리는 걸 좋아했거든. 컴퓨터도 윈도우인가 뭔가가 들어오기

전에 도스인가 포스인가 때부터 썼을 정도니까.

　그래서 지금은 컴퓨터를 가르치거나, 부탁받고 홈페이지를 만들어주면서 돈을 벌어 오지. 솔직히 내가 이런 장사를 하고 있다 보니까 보통 도움이 되는 게 아니야.

　뭐? 바보 같은 소리! 이런 중고 레코드가게가 무슨 돈을 벌겠어? 그야 사실, 일본의 포크송에 관해서는 관동 지역에서 우리만큼 물건을 제대로 갖추고 있는 데도 없긴 하지만. 하긴, 일본에서 최고일지도 모르지. 가요 싱글판도 비교적 좋은 게 많고……. 의외인 건, 옛날 만화영화 주제곡을 무시 못한다는 거야. 〈타이거 마스크〉라는 프로레슬링 만화 알고 있나? 얼마 전에 그 싱글 앨범에 6만 엔을 내겠다는 녀석이 있었다니까. 뭐, B면에 있는 〈고아의 발라드〉는 상당히 포크다운 좋은 곡이었지만.

　그래도 솔직히 말해서 그렇게 운이 좋은 경우는 별로 없어. 더군다나 경기도 이렇게 칙칙한 상황 아닌가? 이런 취미 분야가 제일 먼저 잘리는 거지. 중고 레코드 컬렉터가 그리 많은 것도 아니고, 한 마디로 말해 하루에 싱글 앨범 다섯 장만 팔아도 감사한 일이지.

　그러니까 마누라가 나름대로의 방법으로 벌어주니 감사할 따름이지. 그래서 이 가게를 계속할 수도 있는 것이고.

　실제로 이 가게는 원래 장인이 하던 레코드가게였는데 한 번 망했었어. 〈유성당〉이라는 이름은 그대로 쓰고 있지만 속은 다르지.

그 버블인지 뭔지 하던 시대에 땅 투기가 대단했었잖아? 이 상점가 주변도 그 바람에 휩쓸려서 지금은 옛 모습을 찾아볼 수도 없어.

이 바로 뒤쪽으로 커다란 맨션이 여기저기 있잖나? 그 주변도 30년 전에는 작은 집들이 꽉 들어차 있던 곳이지. 전쟁 때도 타지 않고 건재했었는데, 시류와 돈을 거역할 수는 없었던 모양이야.

땅 투기 붐이 일었을 때, 그 재수 없는 대형 슈퍼가 들어온 덕분에 이 상점가는 숨통이 끊어진 거지. 다행히 아케이드와 골목길만은 그대로 남아 있지만 문 닫은 곳이 한둘이 아니야. 잘되고 있는 곳은 휴대폰하고 게임센터 정도지. 옛날부터 계속하고 있는 곳은 주류상점인 사와야 정도인데, 거기도 이번에 편의점으로 바꾼다고 하더군.

그러고 보니 거기 아줌마가 옛날 그룹사운드 레코드를 잔뜩 갖고 있다지 아마. 특히 타이거즈 노래는 전부 갖고 있다고 하더군. 전에 한 번, 넘겨달라고 부탁한 적이 있었는데 절대로 안 된다고 한마디로 거절당했지. 뭐, 그렇게 소중하게 다뤄진다면 레코드도 행복할 걸세.

반년에 한 번 정도 아줌마가 레코드 바늘을 사러 오는데,

지금도 듣고 있는 모양이야, 〈당신에게만〉을.

이런 말을 하면 나이 들어 보이겠지만 사실 옛날에는 이 상점가도 대단했네. 저녁 무렵에는 찬거리를 사러 나온 사람들로 발 들일 틈도 없을 정도였지.

나? 내가 이 마을에 온 것은 스물한 살 때였지 아마. 설마 그대로 들러붙어 살 줄은 꿈에도 생각하지 못했지만…….

전혀 그렇게 보이지 않을지 모르겠지만 나도 대학을 다녔지. 어느 대학이냐고 하면, 뭐, 여기서 도덴으로 한 번에 갈 수 있는 학교라고 할 수 있지. 고향은 와카야마지만 대학에 합격하고 신 나게 도쿄로 나온 거야. 요코스카선으로 금방 갈 수 있는 곳이니까 '나왔다'는 표현은 좀 어울리지 않을지도 모르겠지만.

처음에는 대학 근처에 있는 아파트를 빌려서 살았었어.

다다미 네 장 반짜리 방 한 칸으로, 학생들만 주거하는 하숙이었는데 현관문을 들어서는 순간 남자 냄새가 푹푹 나는 곳이라 젊다는 이유가 아니면 살 수가 없는 곳이었지.

대학에 막 들어갔을 때는 정말로 즐거웠었네. 자네도 알겠지만 새로운 환경을 접하면 인간이란 흥분하는 법이잖나? 평소보다 들떠서 필요 이상으로 모든 일에 관심을 갖게 되는 법이지.

나도 예외는 아니어서, 대학에 들어가서는 견문을 넓히겠다고 여기저기 쏘다니며 여러 종류의 인간들을 만나기도 했다네. 특히 1년 동안 재수를 해서, 억눌렸던 부분도 있었을 거야. 걸 프렌드도 있었고, 나름대로는 아주 충실한 하루하루였어.

그런데 같은 하숙에 살았던 1년 선배의 눈에 든 것이 한마디로 말해서 실패였던 거야.

그 선배의 이름은 좀 말하기가 곤란해. 이니셜로도 말할 수가 없어. 대충 어떻게 생겼나 설명할 수도 없고. 이유는 나중에 말하겠지만 이름이 없으면 말하기 불편하니까 임시로 '돌머리 선배'라고 부르기로 하지.

응? 이름 짓는 데 센스가 없다고? 자네도 상당히 치밀한 사람인가 보군. 할 수 없지 않나, 아저씨 센스라는 게 이 정도뿐이니.

하지만…… 사실, 내가 생각하기엔 몹시 허를 찌르는 이름을 붙였다는 생각이 드는구먼. 지금 다시 생각해봐도 그 선배는 정말로 쓸데없이 모든 일에 이론만 앞세우고, 융통성이 없는 사람이었으니까.

막 70년대에 들어설 무렵이었지.

자네 나이라면 학생운동이 뭔지 이해를 못할 걸세. 전공투니 민청이니 하는 말들 말일세. 그 무렵의 대학에는 그런 종류의 학생들로 넘쳐흘러 조금만 다가가면 혁명이니, 총활이니, 정말로 시끄러웠어.

돌머리 선배도 그런 물이 들어서, 내 얼굴만 보면 언제나 토론을 하자는 거야. 자랑은 아니지만 난 정치에 전혀 관심이 없는 사람이라서 그런 화제는 지긋지긋했거든.

그래서 자연히 그 선배를 피하게 됐는데, 그쪽 입장에서 보면 나를 교육시키려고 한 것이니 곤란한 일이었지.

공교롭게도 내 흥미는 예나 지금이나 오로지 포크송 하나였거든. 특히 그 무렵에는 요시다 다쿠로가 혜성처럼 등장했었지. 그때까지 어딘가 정치적 냄새를 풍기던 포크송을 단숨에 대중적인 노래로 만들어버렸어.

처음에 〈마크2〉나 〈이미지의 노래〉를 들었을 때에는 정말로 깜짝 놀랐어. 이런 노래가 있었나 하고 몸이 떨릴 정도였지. 난 그날로 다쿠로 흉내를 내느라 똑같은 청바지를 입고 머리를 길렀어. 그 무렵의 사진이 몇 장 있는데 다른 사람들한테는 절대로 보여주지 못하지. 보면 죽일 거야.

지금 생각해보면, 그 하숙집에서의 생활도 상당히 재미있었던 것 같아. 모두 학생들이었으니까 매일 합숙하는 기분이 들더군. 엄청 큰 냄비에다 라면 열 개를 다 집어넣고, 한꺼번에 달려들어 먹었던 적도 있었지. 그릇에다 따로 나누지 않고 네다섯 명의 사내 녀석들이 냄비에다 젓가락을 휘저어가며 먹는 거야. 정말 볼만했어.

그 돌머리 선배도 함께 냄비의 라면을 후루룩댔지. "선배, 이게 우리의 연대감일까요?" 하고 내가 물었더니 "으음, 결속이 굳어졌군!"이라고, 진지하게 대답하던 모습이 묘하게 우스웠어.

그 하숙집에서는 2학년이 거의 끝날 무렵까지 있었어.

대학생활을 계속 거기서 보내는 것도 재미있을 거라고 생각했지만 약간의 사정으로 살 수가 없게 된 거지. 무슨 일인가 하면 사실 나 자신이 약간 위험해졌기 때문이야.

*　*　*

지금에 와서 생각해보면, 젊음이란 정말로 깨지기 쉬운 것이야.

자네한테는 그런 기억이 없나?

지금까지 믿었던 것이 갑자기 불확실해지거나, 지금까지 아무렇지도 않았던 것이 급작스럽게 무서워지기도 하고, 자신이 당치도 않을 만큼 쓰레기 같은 존재로 느껴지거나, 하찮은 일에도 망설이고 고민하는, 멋지게 표현하자면 '청춘의 미로' 같은 것 말이야. 어떤 인간이라도 한 번쯤은 지나가는 통과의례 같은 것이지.

실은 나도 거기에 걸려들고 만 거야. 하지만 어쩌면 그것은 평범한 것과는 조금 달랐는지도 모르지.

나는 어느 순간부터, 죽는다는 것이 두려워서 견딜 수가 없게 돼버렸어.

어차피 인간은 누구나 언젠가는 죽는다. 아무리 훌륭한 사람이든, 저 밑의 서민이든, 그것만은 공평하다. 나이를 먹어 죽는 인간, 병에 걸려 죽는 인간, 불의의 사고로 죽는 인간……, 자신이 어떤 최후를 맞을지는 그때가 되지 않고서는 아무도 알 수가 없는 거야. 그리고 그것이 언제 방문할지도 말일세.

하지만 대개의 사람들은 평소에 그런 것들을 잊고 살아가는 거지. 그거야 당연한 일이지만 말일세. 자신이 언제 죽을지 몰라서 매일 덜덜 떨고 산다면 아무것도 할 수 없는 거 아니겠나. 밥도 목구멍으로 넘어가지 않을걸.

그런데 말이야, 사실은 내가 걸려든 것이 바로 그거였던 거야. 내가 언제 죽을까, 언제 그런 운명에 걸릴까, 그게 두려워서 견딜 수가 없었단 말일세.

그 계기가 된 것이, 어떤 불행한 교통사고였어.

그건 잊을 수도 없는, 대학 여름방학 때 일이야.

그해 여름, 나는 고향으로 내려가지 않고 볼링장 아르바이트에 정신이 팔려 있었어. 마침 볼링이 전국적으로 유행을 타서, 그야말로 애나 어른이나 스트라이크니 스페어니 하면서 법석을 떨던 무렵이었지.

내가 아르바이트를 한 곳은 다마치 역에서 약간 떨어진 곳에 있던 볼링장이었어.

생각해보면, 상당히 좋은 아르바이트였지. 하루 종일 에어컨 속에서 젊은 여자애들 그룹도 적지 않게 오고, 또 안면도 트게 되고, 거기다 손님이 없는 날에는 공짜로 볼링을 할 수도 있었거든. 시급도 적당히 괜찮았기 때문에 여름에만 하기에는 아쉬울 정도였지.

분명히 8월에 들어설 무렵이었을 거야.

나는 그때, 함께 일하던 후지타라는 다른 대학 녀석과 둘이서 늦은 점심을 먹으러 나갔어. 볼링장 안에도 카페와 식당이 있었지만 놀러온 손님들을 상대로 하는 가게들이라 값이 좀 비쌌기 때문에, 돈이 없는 아르바이트생들은 대개 밖에서 먹고 들어왔지.

우리가 향한 곳은 늘 가던 백반 집이었어. 연세가 좀 있는 부부가 하던 가게였는데 가격에 비해서 양이 많았기 때문에 젊은이들한테는 더할 나위 없이 좋은 곳이었지. 다만 볼링장에서 걸어서 15분 정도 거리에 있다는 점이 흠이라면 흠이었을까.

그날은 왠지 무지무지하게 더웠어. 하늘에는 구름 한 점 없었고 한 발 떼는 데도 땀이 줄줄 흘러내릴 정도였지. 볼링장은 하루 종일 대형 에어컨이 켜져 있었기 때문에 그 온도차가 더 힘들게 했는지도 몰라.

우리는 10분 정도, 자동차들이 상당히 많이 지나다니는 도로를 걸었어. 시력검사표 간판이 걸려 있는 안경점 모퉁이를 돌아서 좁은 골목길로 들어갔지. 백반 집은 그 끝 쪽에 있었거든.

그때, 나와 후지타 곁으로 한 할머니가 스쳐 지나갔어.

이미 여든은 되어 보이는 분이었는데, 깡마른 몸에 머리는 백발이었어. 등이 약간 굽었고, 잿빛의 색드레스[●]—우리 어머니가 '앗빠빠'라는 이름으로 부르던 옷을 입고 있었지. 순간, 사람이 지나가고 있다는 느낌보다는 뭔가 풍경이 걷는 듯한 인상을 받았던 것 같아.

할머니는, 아주 천천히 걸어갔어. 한 손에 갈색 휴대용 주머니를 들고, 다른 한 손에는 연한 핑크색의 작은 꽃다발을 들고 있었지. 수국 한 다발 정도 되는 꽃다발이었는데, 잡고 있던 부분이 흰색 종이로 싸여 있었다는 것만은 확실하게 기억이 나는군.

'아아, 예쁜 꽃이다.'

꽃 이름은 잘 모르겠지만 나는 어렴풋이 그런 생각이 들었

● Sack Dress. 부대 자루처럼 생긴 헐렁한 드레스.

어. 그 할머니하고 아주 어울리는 꽃이었지. 어딘가 품위가 있는.

잠시 후, 백반 집에 도착해서 문을 열고 들어갈 때였어.

지금까지 걸어왔던 큰길 쪽에서 갑자기 여자의 비명이 들렸어. 시간적으로 보면, 할머니와 스쳐 지나간 뒤 1분도 채 되지 않았을 거라고 생각해.

나와 후지타는 얼굴을 마주 보았어. 범상치 않은 일이 벌어진 것은 분명했어. 비명이 들리기 바로 직전에 큰 차의 엔진 소리와 함께 뭔가 풍선 터지는 소리 같은 게 들린 것 같기도 했고.

"사고다!"

내가 소리친 것과 후지타가 달리기 시작한 것은 거의 동시였어.

방금 걸어온 골목길을 돌아 우리들은 큰길로 나갔는데 예상대로 교차로에서 큰 콘크리트 믹서차 한 대가 좌회전한 모습 그대로 멈춰 서 있었어. 바로 그 근처에서 자전거를 탄 젊은 여자가 뒷바퀴 밑을 가리키면서 히스테릭하게 뭐라고 소리를 지르는 거야.

"아까 그 할머니다!"

후지타는 긴장한 얼굴로 왠지 내 어깨만 두드리고 있었어. 순식간에 사람들이 모여들었고, 엄청난 소동이 일어났어. 하지만 운전사는 핸들을 잡은 채 얼이 빠진 것 같은 얼굴을 하고 있었고, 몰려든 사람 중 몇 명은 빨리 내리라고 고함을 치고 있었지.

"보러 가자."

후지타가 그렇게 말했지만 나는 움직일 수가 없었어.

이렇게 거칠어 보이는 얼굴을 하고 있어도, 사실 난 옛날부터 피에는 약한 인간이었거든. 사람이 상처를 입은 것도 못 보는데, 벌써 죽은 것 같다고 사람들이 웅성거리는 그 현장을 어떻게 보러 갈 수 있었겠나.

호기심이 왕성한 후지타는 얼어서 움직이지도 못하는 나를 두고 사고 현장을 보러 갔지. 나는 일부러 다른 쪽을 보면서 기다렸는데, 그 후지타도 금방 얼굴이 노래져서 돌아왔어.

"저건 안 보는 게 좋겠어……. 머리가 완전히 부서졌어."

그 말만으로도 나는 정신을 잃을 것만 같았어.

"역시, 그 할머닌가?"

"음, 틀림없어."

불쌍하게도…….

나는 그런 생각이 들어 견딜 수가 없었어.

우리와 스쳐 지나간 후, 아마 횡단보도를 건너려고 하다 좌회전하던 믹서차에 치였던 걸 거야. 할머니 본인은 자신이 죽을 것이라고는 그 직전까지 생각도 못했을 텐데, 작은 꽃다발을 들고 대체 어디로 가던 길이었을까.

내가 그렇게 말하자 후지타는 이상하다는 듯한 표정을 지었어.

"꽃다발? 그 할머니, 그런 걸 들고 있었어?"

"들고 있었잖아. 연한 핑크색 말이야."

"아니, 안 들고 있었어. 한 손에는 휴대용 주머니를 들고, 다른 한 손은 그냥 비어 있었는데."

"무슨 소리야. 가슴 앞으로 꽃다발을 들고 있었잖아."

나와 후지타는 잠시 입씨름을 벌였지. 그렇게 눈에 띄는 꽃다발인데, 이 녀석은 대체 어디다 눈을 달고 다니는 건지 모르겠다고 나는 진심으로 생각했었어.

급기야 확인해보고 오겠다면서 후지타는 다시 사고 현장으로 가더군.

"휴대용 주머니는 있지만, 역시 꽃은 어디에도 없어. 네가 잘못 본 거라니까."

돌아온 후지타는 자신 있게 말했어.

그때, 내가 무슨 생각을 했는지 알겠나?

물론 불쌍하게 죽은 할머니를 애도하는 마음도 있었지만 그 이상으로 으스스한 뭔가를 느끼고 있었어.

이와 똑같은 대화를, 예전에도 나눈 적이 있었기 때문에.

216

* * *

   사실 그랬어. 그것과 거의 비슷한 대화를, 나는 그 2년 전에
도 했었던 거야. 무슨 소리이냐 하면, 그때에도 역시 나는 사
람이 죽은 현장에 있었다는 소리지.

   내 고향이 와카야마라는 건 아까도 말했었지. 바다와 가까
워서, 나는 어린 시절부터 여름이 되면 바다로 나갔지. 뭐, 나
뿐만이 아니라 근처에 사는 친구들이 모두 그랬으니까. 어린
시절부터 익숙한 일이었기 때문에, 그중에는 가끔 엉뚱한 짓
을 하는 녀석도 있었지. 그 녀석도, 분명히 그랬던 걸 거야.

   내가 재수하던 무렵, 아마 8월쯤일 거야.

   그날 나는 시험 공부에 질릴 대로 질려서 혼자서 수영하러
바다로 나갔어. 뜨거운 머리를 식히기 위해서는 수영이 최고
니까.

   하지만 한창 해수욕 시즌이었으니 어디를 가나 애인이나
친구들과 놀러 온 무리들뿐 나는 별로 재미도 없었어. 그거야
재수생이란 입장이 좀, 그렇지 않나. 신 나게 놀 수 있는 일은
거의 없었지.

   사람이 적은 장소를 찾아서 해변을 어슬렁거리다가 난 만
나고 싶지 않은 녀석을 만나고 말았어. 같은 고등학교 동창이
었는데, 라이벌이라 부를 만큼 대단한 건 아니었지만 자주 시

험에서 순위를 다투곤 했었지.

그런데 그 녀석은 한 번에 제1지망 대학에 붙고, 난 떨어져서 재수생의 신분이었던 거야. 가능한 한 얼굴을 부딪치고 싶지 않은 심정이었으리라는 건 이해하겠지?

"수영이나 하러 나오다니, 내년에 괜찮은 거야?"

혼잡한 해변에서 나를 발견하더니, 그 녀석은 다가와서 그런 말을 하는 거야. 역시 같은 고등학교를 졸업한, 다른 친구들과 함께였어.

그때 난 봤어. 그 녀석이, 핑크색 천 같은 것을 머리에 두르고 있었던 걸.

'뭐야, 저 머리띠. 잘난 척이야, 뭐야.'

내가 그렇게 생각한 것을 확실하게 기억하고 있으니까 틀림없어. 그 무렵은 그런 걸 머리에 매는 패션이 그다지 일반적이지 않았기 때문에 유독 인상에 남았지.

싫은 녀석이었지만 아주 무시할 수도 없어서 난 잠시 이야기를 나누었어. 그러는 동안에 나는 그 녀석한테 술 냄새가 나는 것을 눈치챘지.

"너, 술 마셨니?"

대학생이라고 해도 아직 미성년이었던지라 나무라는 투로 말하자, 그 녀석은 실실 웃으면서 안 마셨다고만 했지.

그 뒤는 말 안 해도 알겠지. 그 녀석이 익사한 것은 그로부터 한 시간도 지나지 않아서였어.

　그때 나는 사람들이 별로 없는 해변 끝자락에서 혼자 쓸쓸하게 일광욕을 하고 있었는데, 백사장 중간쯤에 있던 구호소에서 이런 방송이 들리는 거야.

　"혀를 내민 입술 마크가 찍힌 청바지를 착용하고 있는 남성과 함께 온 분, 빨리 구호소로 와주십시오."

　그 녀석이 입고 있었던 건, 청바지 끝을 찢고, 엉덩이 주머니에 롤링 스톤즈의 심볼을 박은 버뮤다 팬츠였어. 난 동행은 아니었지만 설마 하고 가봤어.

　구호소 안에 뉘어 있는 건 틀림없는 그 녀석이었어. 마치 자고 있는 것처럼 보였지.

　"술을 마시고 수영을 하다니, 자살 행위입니다!"

　구호소에 있던 수영복 차림의 남자가 엄격한 어조로 말했지만 나는 뭐라고 대답해야 할지 알 수가 없었어.

　잠시 후, 동행했던 친구들이 당황하며 몰려왔는데 이미 저세상 사람이 된 녀석을 보더니 모두 하얗게 질리더군. 당연했겠지. 설마 함께 놀러 온 친구가 죽을 줄 생각인들 했겠나.

　"머리띠도 두르고, 기운도 넘쳤는데."

　나 역시 아는 녀석의 죽음에 몹시 난처해서 그 녀석의 얼굴을 가리고 있던 젖은 머리카락을 손가락으로 쓸어 넘기며 숙연하게 말했어.

그런데 그 녀석과 함께 온 일행들이 이구동성으로 말하는
거야.

"머리띠를 둘렀다고? 그게 무슨 소리야?"

이 녀석은 단 한 번도 그런 걸 두르지 않았다. 깨끗하게 선
탠하려고 온 신경을 다 썼을 정도니까 그런 걸 둘렀을 리가
없다고 하더군.

그때는 나도 깊이 생각하지는 않았어. 그저 어느 한쪽이 잘
못 본 것이라고 간단히 치부해버렸을 정도니까. 그런데 그로
부터 2년 후에 같은 경험을 하면서 그 일은 역시 잘못 본 게
아니었다는 걸 깨달았던 거지.

자네는 그런 걸 어떻게 생각하나?

우연이라고 넘겨버릴 수 있겠나? 뭐, 나도 지금이라면 아마
그랬을 거야. 이런저런 생각을 해봤자 별수 없는 일이고, 세
상에는 기묘한 우연도 분명히 있으니까.

하지만 그때의 나로서는 그렇게 생각할 수가 없었어.

할머니의 꽃다발도 그렇고, 익사한 친구의 머리띠도 그렇
고, 나로서는 그것이 생명이 사라지기 전의 전조가 아닐까 생
각한 거지. 그것이 우연히 나한테만 보였던 것이고.

예를 들어 저승사자라는 게 정말로 있어서 누군가를 노린
다고 하면, 그 녀석은 목표물인 인간에게 슬쩍 사인을 하는
거야.

하지만 그건 본인은 모르지. 주변의 인간들도 모르고. 내가 본 것처럼 흔한 물건으로 형태를 바꿨기 때문에.

어쩌면 그 인간한테 어울리는 물건으로 보이게 하려고 저승사자도 머리를 짜낸 것인지 모르지. 바다에서 죽은 그 녀석은 기고만장해서 잘난 척을 하는 성격이었고, 믹서차에 깔려서 죽은 할머니는 보기에도 품위 있는, 꽃다발과 어울리는 분위기였어.

그런 생각이 들자, 등골이 서늘해지는 느낌이 드는 거야.

생각해보니 머리띠도 꽃다발도, 엷은 핑크색이었어. 둘 다 같은 색이었다는 것이 그 망상이 틀림없다는 증명처럼 느껴졌어.

여기서 끝났다면 나에게는 다행한 일이었지. 좀 색다른 경험거리로 생각은 했어도, 신경이 위험해질 정도의 일은 없었을 거라고 생각해.

하지만 그로부터 얼마 후에 나는 정신의 감옥과 같은 곳으로 떨어지게 되지. 계기는 같은 하숙집에 살던 친구의, 극히 평범했던 한 마디 때문이었어.

어느 날 아침, 학교에 가려고 현관에서 구두를 신던 내게 그 녀석이 말하는 거야.

"어어, 너…… 아까, 우산 들고 있지 않았어?"

나는 열린 현관문 사이로 밖을 힐끗 내다보면서 말했어.

"이렇게 맑은 날에 우산을 갖고 갈 리 없잖아."

그때, 왜 내가 녀석에게 분명히 봤느냐고 몇 번이나 물어보았는지, 그 녀석은 몰랐겠지.

결국 나는 그날, 학교를 갈 수 없었어.

방으로 돌아와서, 혼자 덜덜 떨고 있었던 거야. 물론 그 친구가 나에게 붙여진 저승사자의 사인을 봤다고 생각했기 때문이지.

그날은 다행히 아무 일도 일어나진 않았어. 이렇게 살아 있으니 말 안 해도 알겠지만. 결국 그 친구가 정말로 잘못 본 거였겠지. 하지만 일단 한 번 느낀 그 공포감이 내 인생을 엉망으로 꼬이게 한 거야.

언제 나에게 진짜 사인이 붙여질까, 하루 종일 그것만 생각하게 된 거지.

그래서 나는 그 저승사자의 사인을, 살짝 시적인 이름으로 '따오기의 징조'라고 부르기로 했어. 왜 그랬냐고?

살짝 엷은 핑크를 또 다른 말로 따오기색이라고 부르는 건 알고 있나? 하지만 그건 따오기의 몸 색깔이 아니야. 날개의 가장 바깥쪽에 달려 있는, 칼깃이라는 날개의 색이야.

칼깃이라는 건, 새가 날기 위해서 반드시 필요한 깃털인데 그게 빠진 새는 더 이상 날 수 없게 돼버리지. 새로서는 죽은 것이나 다름없는 일 아니겠나?

즉, 저승사자의 사인이 붙은 인간은 칼깃이 빠진 따오기와 같은 운명이라는 말이야.

* * *

이 마을로 옮겨온 나는 가쿠지사 근처의 아파트에 살았어. 가쿠지사라고 알고 있나? 저세상하고 이어져 있다는 소문이 나도는 그 절 말일세. 흥미가 있으면 가는 길에 한 번 들러보게나. 정말로 뭔가가 나올 것 같은 분위기니까. 물론 그때의 나는 그런 소문이 있다는 걸 전혀 알지도 못했지만.

그건 그렇고 이 마을로 이사 왔을 때 나는 정말로 너덜너덜한 상태였어.

젊을 때는 좋은 생각이든 나쁜 생각이든 극단적이라고 할 만큼 끝까지 파고드는 법 아닌가? 이런 말을 하면 웃을지 모르겠지만 그때는 정말로 무서워서 죽는 줄 알았어.

익사한 친구나, 믹서차에 치여 죽은 할머니와 같은 운명이 언젠가 내게도 찾아온다 해도 전혀 이상할 게 없다고, 굳게 믿고 있었기 때문이지. 그야말로 노이로제 직전 상태였어.

"자네, 아까 핑크색 꽃다발 들고 있지 않았나?"

"자네가 핑크색 머리띠를 두르고 있는 걸 누군가가 봤다더군."

만약 누군가에게 그런 말을 들었다면 그 무렵의 나는 분명히 그 자리에서 기절해버렸을 거야.

정신을 차리고 보니, 나는 언제부턴가 사람들을 피하고 있었고, 같은 하숙집 동료들하고도 거의 말을 섞지 않고 지냈지. 학교는커녕 밖에도 못 나가고, 요즘 말하는 은둔형 외톨이 같은 생활을 하고 있었던 거야.

꼭 나가야 할 일이 생길 때는 반드시 모자를 쓰고, 양손에는 일부러 아무것도 들어 있지 않은 가방이나 쇼핑백을 들고 다녔어. 완전히 바보 같은 짓이지만 그렇게 하면 '따오기의 징조'가 붙을 여지가 없을 것이라고 믿었던 거지. 뭐, 지친 머리로 나름대로 짜낸 생각이었어.

이 마을로 옮겨왔을 무렵에는 더 중증이었어.

상점가로 물건을 사러 나갈 때는 머리에 모자, 양손에 가방은 당연한 장비였고, 거기다 등을 노릴까 봐 휴대용 배낭을 메고, 목둘레가 휑하니 드러나는 것이 무서워서 머플러로 감고, 양 손목에는 시계를 하나씩 찼어. 그것으로도 모자라 맨얼굴을 내미는 것도 무서웠던 나는 도수 없는 안경이나 선글라스를 끼거나 마스크를 쓰기도 했지.

그런 차림으로 상점가를 걸으면 사람들이 힐끗거리고 쳐다보는 거야. 지금의 나 역시 그런 차림으로 누가 지나간다면 힐끗거렸을 거네.

그래도 본인은 저승사자의 사인을 피하고 있다는 안도감에 젖어 있었으니 도저히 정상적인 상태라고는 말할 수 없었지. 정신병원에 가면 분명히 멋진 병명을 붙여줬을 거야.

그래도, 그런 반 병자 같은 나에게 단 한 명, 극히 평범하게 대해준 사람이 있었어. 사와야 주류상점 근처에서 헌책방을 하고 있던 영감님이야.

'사치코 서점'이라는 귀여운 이름의 가게였지만 경영하던 사람은 백발의 영감님 혼자였는데, 그 사치코라는 이름은 돌아가신 부인의 이름이라고 하더군. 눈썹이 치켜 올라간 까다로운 얼굴을 하고 있으면서도 의외로 순애보적인 사람이었는지 모르지. 늘 담배만 피우고 있어서 가까이하기 어려운 타입 같았지만 말을 나눠보면 꽤 마음이 좋은 사람이었어.

어쨌든 지금하고는 달라서 게임이나 컴퓨터가 없었던 시대였으니까, 방 안에 틀어박혀 지내다 보면 TV를 보든지 레코드를 듣든지, 또 책을 읽는 정도밖에는 할 일이 없었어. 그래서 나는 일주일에 한 번 꼴로 사치코 서점을 들렀는데, 영감님하고 말을 나누게 된 사정이 또 재미있지. 결론부터 말하자면 '따오기의 징조' 대책으로 갖고 다니던 종이봉투가 의심을 샀던 거야.

"학생, 늘 양손에 가방이나 쇼핑백을 들고 다니는데, 무슨 이유라도 있나요?"

어느 날, 내가 가게에 들어가자 갑자기 영감님이 묻는 거야. 뭐라고 대답해야 할지 몰라서 우물쭈물하니까 영감님이 또 말하는 거야.

"무슨 사정이 있는지, 들어보고 싶군요."

나중에 들어보니, 이때 영감님은 원하는 책이 있으면 따로 보관해두거나 대금을 분할해서 받을 테니까 훔칠 생각은 하지 말라고, 그렇게 말해줄 생각이었다고 하더군. 하지만 혼자서 괴로움에 빠져 있던 나는 완전히 착각한 거지. 영감님이라면 어쩌면 이해해줄지도 모른다는 생각이 들어서, 나의 괴로움을 전부 그 자리에서 고백한 거야. 하하하, 영감님은 눈을 동그랗게 뜨더군.

"네, 그런 일이 있었군요."

내 말을 들은 영감님은 담배를 몇 대 피우면서 말해주었지.

"그런 생각에 사로잡힌 사람들이 적지 않은 모양이에요. 의식을 하지 않으면 심장이 멎어버리는 게 아닐까 해서 끊임없이 불안을 느끼거나, 다음 날 다시 눈을 뜰 수 있을까 걱정이 돼서 잠을 잘 수 없거나 말입니다. 좀 더 마음을 편안하게 가져보세요."

이렇게 말로 표현하니, 영감님이 흔해 빠진 위로의 말이나 던져준 것처럼 들릴지 모르지만 그때의 나로서는 정말로 감사한 말씀이었어.

"찾아온다면 십중팔구, 학생보다는 내 쪽이 먼저겠죠. 그런 내가, 이렇게 느긋하지 않습니까. 학생은 얼마든지 느긋하게 기다려도 될 텐데요."

그렇게 말하면서 웃는 영감님의 얼굴을 지금도 잊을 수가 없어.

내가 사는 아파트로 갑자기 돌머리 선배가 찾아온 것은 아마 3학년 가을쯤일 거야. 학교에 거의 갈 수 없게 된 뒤로 내 낙제는 거의 결정적인 상황이었을 때였네.

"요즘 학교에 통 나오지 않는다더군."

아파트 문을 슬쩍 열더니, 돌머리 선배는 몸을 비집어 넣을 듯이 들어와 멋대로 방 한가운데에 척 앉아버리는 거야.

걱정해서 온 거겠지만 난 솔직히 지긋지긋했어. 헌책방 영감님의 말에는 감격하면서, 선배에게는 그렇게 반응하는 걸 보면 나도 꽤나 제멋대로라는 생각이 들겠지?

하지만 왜 그런 반응을 보일 수밖에 없었는가 하면, 날 찾아온 선배의 목적이 자신이 소속되어 있는 어느 조직으로 나를 끌어들이기 위해서라는 걸 알고 있었기 때문이야. 난 정치에 관심이 없어서 그런 말은 질색이었거든.

그래서 그날 나는 모처럼 찾아온 선배한테 몹시 차갑게 대했던 것 같아.

"젊은 녀석이 혼자 방에만 처박혀서 어쩌려고 그래. 대체 무슨 일이 있었는지 모르겠지만 어쨌든 행동하지 않으면 아무것도 바뀌지 않는 거야.”

괜스레 어려운 말을 섞어가며 돌머리 선배는 나를 열심히 설득했지. 솔직히, 귀찮았어.

“내 일은 신경 쓰지 말아주세요!”

급기야 나는 화가 나서 소리를 질렀어.

“그렇게는 못하지. 선배로서, 후배가 망가지는 걸 보고만 있을 수는 없으니까.”

“내가 어떻게 되든 선배하고 무슨 상관이에요!”

빨리 돌려보내고 싶어서 난 상당히 험한 말을 했어. 지금 말하기에도 민망할 정도의 표현이었지.

그때, 선배의 얼굴색이 점점 바뀌는 게 보였어. 그야 당연한 일이지. 모처럼 후배를 걱정해서 도덴까지 타고 찾아왔는데, 쫓아내려고만 하니 한심한 노릇이었겠지. 내가 같은 입장이었다면, 같이 고함을 쳤을지도 몰라.

그래도 돌머리 선배는 그렇게 하지 않았어. 토론을 좋아하는 주제에, 내 독설은 그저 묵묵히 듣기만 했었지.

“지금의 너한테는 무슨 말을 해도 소용이 없을 것 같군. 섭섭하지만 할 수 없지. 하지만 집에 있을 거면 적어도 이 책을…….”

선배는 들고 온 가방을 열고, 무슨 책인가를 꺼내려고 하더

228

군. 어차피 정치사상과 관련된 책일 것이 틀림없다고 생각한 나는 재빨리 선배의 손을 잡았지.

"됐어요. 내가 읽을 책은 스스로 정할 테니까."

잠시 동안 나와 선배는 노려보듯이 서로의 얼굴을 마주 보았어.

결국 선배는 작은 한숨을 내쉬더니 포기한 듯 가방을 닫고 일어섰어.

"선배, 머플러 잊지 마세요."

말없이 문으로 향하는 선배에게 난 그렇게 말했어.

"머플러?"

선배는 이상하다는 얼굴로 뒤돌아보다가, 순간 무슨 생각을 했는지 빙긋 웃었어.

"난 머플러 같은 거 하고 오지 않았는데."

"네?"

나는 선배가 앉아 있던 주변을 조심스럽게 둘러보았어. 분명히 방 안으로 들어왔을 때 선배는 머플러를 하고 있었던 느낌이 들었거든. 그걸 목에서 풀어 접이식 테이블 밑에 두었던 것 같은…….

당황하여 테이블 밑을 들여다보았지만 머플러 같은 건 어디에도 없었어.

"머플러 하기에는 시기가 너무 이르잖아. 아직 9월이거든."

선배의 말대로였어. 겨우 몇 주 전만 해도 매미가 울고 있었으니까.

나는 등골이 서늘해지는 걸 느꼈어. 그야말로 두꺼운 코트를 입고 싶을 정도로.

* * *

돌머리 선배가 살해당한 것은 그로부터 수개월 후의 일이었어.

어느 학생 운동가들이 나가노의 산장에서 농성했던 사건은, 자네도 알고 있겠지? 경찰과 총격전이 벌어져서 몇 명의 사망자를 낸 큰 사건이었지.

그때는 일본 전체가 TV 앞에 앉아서 그 사건의 진행 과정을 보고 있었지. 그 후 책으로 나오기도 했고, 영화로 만들어지기도 했으니까 젊은이들 중에서도 알고 있는 사람들이 많을 거야.

10일 만에 그 범인들이 체포된 후로 더 엄청난 사실들이 드러났다는 걸 기억하나?

사상을 같이하는 동지 사이였던 그들은 눈 덮인 산속에서 전투 훈련 같은 걸 한 모양이야. 그러는 동안에 몇 명의 동지들을 처리한 거지. 남녀 합쳐서, 열두 명이 살해당해서 산속에 묻혀 있었는데, 돌머리 선배도 그중에 한 명이었어.

난 그때만큼 자신의 바보스러움을 저주한 적이 없어.

선배의 말을 들으려고 하지 않은 점, 호의를 저버린 점, 그리고 '따오기의 징조'가 있었다는 것을 선배에게 전하지 않은 점, 하나부터 열까지 후회스러웠어. 물론 내가 전한다고 해서, 그런 커다란 비극을 피할 수 있었을지 어쨌을지는 모르겠지만.

그날 이후 난 '따오기의 징조'를 두려워하지 않기로 했어. 솔직히, 될 대로 되라는 기분이었지. 외출 시의 그 요란스러운 분장도 전부 치워버려서 몸은 가벼워졌지만 기분은 그리 개운하지 않았어.

반은 자포자기의 심정으로 하루하루를 보내고 있었지. 학교는 나가지 않았지만 우선 방 안에 처박혀 지내던 생활에서 벗어나, 가능한 한 밖으로 나가기로 했어. 돌머리 선배의 충고를 새삼스럽게 실행에 옮겨본 거지.

그렇다고 해서 갑자기 무언가가 달라진 건 아니야. 아침에 일어나서 밥을 먹고 나면, 자전거로 이웃 마을 도서관에 가서 책만 읽었어. 저녁 무렵에 동네로 돌아오면 상점가를 어슬렁거리다가 집으로 돌아오는, 그런 노인네 같은 생활을 하고 있었던 거야.

그 사건과 맞닥뜨린 건 그런 생활을 3개월 정도 한 후의 일이었어.

그날 나는 저녁 무렵에, 상점가를 어슬렁거리면서 걷고 있었지. 5월 말의 초여름 무렵이었는데, 왠지 축 처질 것 같은 열기가 아케이드 안을 가득 채우고 있었던 것이 묘하게 기억에 남는군.

상점가 중간쯤을 지나다가 도덴 역에서 걸어오던 한 여학생에게 눈길이 갔어. 무슨 이상한 의미가 아니라, 그 학생의 차림새가 어딘가 이상했다는 거야.

그 학생은 흰색 세일러복을 입고, 손에는 가죽으로 만든 학생 가방을 들고 있었어. 구두는 검은색 가죽 구두였고, 흰색 양말을 단정하게 신고 있었지. 긴 머리를 두 갈래로 땋고, 누가 보아도 단정해 보이는 여고생이었어.

그런데 이상하게 털실로 짠 엷은 핑크색 모자를 쓰고 있는 거야. 당장에 스키라도 타러 갈 것 같은, 모자 끝에 털실 술까지 달려 있는 그런 모자였다니까. 아무리 생각해도 그건 좀 이상하지 않나?

처음 보았을 때는, 다친 머리의 상처를 보호하려고 푹신푹신한 털모자를 쓴 거라고 생각했었지. 하지만 그런 용도로 쓰기에는 디자인이 너무 지나치게 귀여운 거야.

사실 나는 그 여학생을 본 적이 있었거든. 상점가의 '유성당'이라는 레코드가게의 딸이었지. 늘 〈아카시아 비가 그칠 때〉 같은 오래된 곡을 틀어주던 가게였는데, 훌쩍 키가 큰 매부리코 남자가 주인이었어.

그 주인의 딸답게 그 여학생도 마른 체격에 콧날이 오뚝했지. 뭐, 아버지가 매부리코라면 그 딸은 카나리아 코라고나 할까. 넓은 이마와 굵은 눈썹이 어딘지 모르게 영리한 느낌을 주었어.

난 아주 태연스럽게 그 여학생과 스쳐 지나갔지만 왠지 불길한 느낌이 들어서 가슴이 마구 뛰었어. 저건 혹시 '따오기의 징조'가 아닐까, 왠지 그런 느낌이 막 드는 거야.

'말도 안 돼……'

난 속으로 그렇게 중얼거리면서 잠시 그대로 가던 길을 걸어갔어. 하지만 역시 신경이 쓰이는 거야.

그때 문득, 귓전에서 돌머리 선배의 목소리가 들리는 것 같았어. 행동하지 않으면 아무것도 바뀌지 않아!

어쨌든, 우선 그 여학생이 집에 도착할 때까지만 살펴보자고 생각했지. 집 안에서 일어나는 일이라면 내가 간섭할 문제가 아니니까 적어도 무사히 집에 도착하는 것까지만 확인하면 내 기분도 진정이 될 것 같았네.

난 도중에 유턴해서 10미터 정도의 거리를 두고 그 여학생의 뒤를 따라가기 시작했지. 누가 본다면 내 행동이 더 의심스러웠을 거야.

거기에서 '유성당'은 3분도 채 걸리지 않는 거리였어. 그때쯤이면 늘 스피커에서 〈아카시아 비가 그칠 때〉가 흘러나왔을 텐데 웬일로 고야나기 루미코의 〈세토의 신부〉가 나오고 있었어. 잘 모르겠지만 주인 나름대로의 선곡 기준이 있었을 테지.

'별다른 일은 없을 것 같은데……'

그 여학생이 무사히 레코드가게 앞에 도착하는 것을 보고 나는 안심을 했지. 역시 그 모자는 실제로 저 여학생이 쓰고 있었던 거구나. 아아, 아무 일도 없어서 다행이다.

바로 그때였어. 갑자기 앞쪽에서 대단한 기세로 한 남자가 달려오는 거야. 저녁 찬거리를 사러 나온 아줌마들이 놀란 듯이 길옆으로 비켜섰지.

'위험해!'

남자의 얼굴을 본 순간, 난 불현듯 그런 생각이 들었어.

왜냐고? 마침 개봉한 지 얼마 안 되는 〈시계태엽 오렌지〉*의 포스터에 나오는 남자같이, 무언가에 홀린 것처럼 실실 웃고 있었으니까.

순간적으로 나는 여학생 쪽을 향해 뛰어갔어. 생각보다 먼

● 1971년 발표된 스탠리 큐브릭 감독의 영화.

저 몸이 움직였던 거지. 그리고 눈치챘어. 그 녀석의 손에 과도가 들려 있다는걸.

여학생은 남자가 가까이 올 때까지, 무슨 일이 벌어지고 있는지 모르는 듯한 얼굴이었어. 나는 순간 어떻게 해야 할까 망설였지. 여학생을 밀쳐버리는 게 좋을까, 남자를 덮쳐야 할까, 하고.

결국 내가 어떻게 했을 것 같아?

정면으로 여학생과 남자 사이에 서버렸지.

물론 일부러 그런 건 아니야. 어떻게 할까 생각하다가 우연히 그런 상황이 된 거지.

눈앞 1미터 거리에는 칼을 든 채 실실 웃는 남자가 서 있었어. 난 등 뒤로 여학생을 지키면서 그야말로 필사적인 각오로 남자를 노려보았고. 남자의 숨결에서 접착제 같은 냄새가 물씬 풍기는 걸 보고, 당장에 시너라는 걸 알아챘지.

그때 백지장처럼 하얗게 질린 내 머리 한구석에서 문득 이런 생각이 드는 거야.

'누군가 내 따오기의 징조를 봤을까?'

봤다면, 그것은 대체 어떤 것이었을까. 꽃다발, 머리띠, 머플러, 털실 모자……, 저승사자가 나한테 붙인 사인은 대체 어떤 것이었을까?

시너 남자는 수세에 몰린 미친개 같은 소리를 내지르며 칼을 휘둘렀어.

이젠 끝났구나, 하고 생각했는데 다행히 그 휘두르던 손이 나에게는 안 닿았어. 뒤에서 달려온 경관이 그의 팔을 꽉 잡아당기면서 남자를 단번에 쓰러뜨렸기 때문이지.

과연 훈련이 잘된 사람은 다르더군. 조금 뒤늦게 따라온 경관과 힘을 합쳐, 순식간에 남자의 손에서 칼을 빼앗았어. 그리고 재빨리 엎어놓고 팔을 뒤로 꺾어서 꼼짝도 못하게 만들더군.

한숨을 내쉬면서 뒤돌아보니까, 여학생은 레코드가게 주인에게 안긴 채 하얗게 질려 있었어. 얼마나 놀랐는지 눈을 크게 뜬, 창백한 표정 그대로 얼어 있었던 거야.

이미 털실 모자는 어디에도 보이지 않았지.

"고…… 고맙습니다."

매부리코 주인은 나를 향해 몇 번이고 고개를 숙였어. 그때 난 그 주인의 어깨 너머로 분명히 보았어.

번잡한 상점가 안에서, 돌머리 선배가 이쪽을 바라보면서 웃고 있던 것을.

이미 알아챘겠지만 그때의 여학생이 지금 내 마누라야.

난 그 후 정상적으로 학교에 나가게 되었고, 다른 사람보다 조금 많은 시간과 학비를 들여 겨우 졸업은 했지. 한 번 회사를 다닌 적도 있었지만 레코드가게 경영이 꽤 어려워서 말이야. 아내와의 결혼을 계기로 이쪽 일을 돕게 되었던 거야.

하지만 그때는 이미 때를 놓친 뒤였어. 결국, 레코드가게를 접어야만 했지.

그래서 지금은 이렇게 중고 레코드가게를 하고 있는 거야. 벌이는 시원찮아도, 좋아하는 것들에 싸여서 살고 있으니까, 매일이 즐거워.

응? '따오기의 징조' 말인가?

아아, 그 후에도 가끔 보고 있지. 남에게 폐를 끼칠 수 있으니까 사람들한테는 말하지 않지만.

사실, 어쩌면 그건 나한테만 보이는 건지도 모른다는 걸 최근에 깨달았어.

응? 그게 초능력 아니냐고? 그렇다면 뭔가 멋진데.

하지만 생각할 필요도 없이, 별로 필요 없는 능력이야. 내마누라 때는 도움이 됐지만 그런 일이 자주 일어나는 것도 아니고.

뭐, 겁을 내든 고민을 하든, 웃든 말든, 죽음은 올 때 오는 거야. 언제 올지도 모르는 그 녀석을 두려워하면서 위축되어 사는 건 얼빠진 짓이지.

아, 미안, 미안, 시간을 너무 뺏은 것 같은데. 〈인간이란〉이 벌써 끝나버렸네.

돌아갈 텐가?

그럼 또 오게나. 이 가게는 연중무휴거든. 이 상점가가 없어지지 않는 한, 매일 문을 열 테니까.

그 전에, 어떤가? 한 곡만 더 듣고 갈 텐가?

이 가게의 테마송이지. 〈아카시아 비가 그칠 때〉.

마른 잎 천사

방 청소를 하려고 창문을 여니, 신선하고 따뜻한 봄바람이 불어왔다. 녹색 커튼이 부풀어 오르면서, 뛸 듯이 뒤집혔다. 바람과 함께 벚꽃잎이 방 안으로 날아 들어왔다.

아파트 2층에서 내려다보면 가쿠지사의 벚꽃은 핑크색 안개 같았다. 나무 수는 그리 많지 않았지만 벚꽃이 한창 때라 그런지, 좁은 경내에 가득 넘칠 듯이 보였다.

'아아, 봄이구나.'

따뜻한 햇살도 함께 몸 안으로 집어삼킬 듯, 구미코는 크게 숨을 들이마셨다.

서랍장 위에 놓아둔 라디오에서는 튤립의 〈마음의 여행〉이 흘러나오고 있다. 요즘 자주 듣는 그 곡이 구미코는 아주 마음에 들었다. 아직 가사를 전부 외우지 못해서 후렴 부분만 함께 따라 흥얼거렸다.

'역시 이 집으로 정하길 너무 잘했어!'

빗자루로 방 안을 청소하면서 구미코는 생각했다.

처음 이 집을 부동산에서 소개받았을 때는 솔직히 별로 마음에 들지 않았다. 작은 길을 사이에 끼고 있기는 해도, 역시 절 바로 옆이라는 게 아무래도 내키지 않았던 것이다.

결국 볕이 잘 든다는 점과 도덴으로 남편의 회사까지 한 번에 갈 수 있다는 편리성을 생각해서 이 집으로 정했는데, 그것이 결코 잘못된 선택은 아니었던 것 같다.

물론 가쿠지사 뒤쪽으로 무덤이 있긴 하지만, 겨우 고양이 이마 크기 정도로 작았고, 창문 밖으로 크게 몸을 빼서 보지 않는 한, 나무 위패 하나 보이지 않았다. 그런 것만 신경 쓰지 않는다면 집세도 쌌고, 상점가도 근처에 있어서 편리했다.

무엇보다, 집 안에서 벚꽃을 감상할 수 있는 것이 최고라고 생각했다. 반대편 창문 밖으로는 도덴의 노선이 내려다보였고, 그 바로 옆에는, 겨우 수 미터 정도이긴 해도 수국이 심어져 있었다. 대체 무슨 색의 꽃이 필까?

전에 살던 아파트는 창문을 열어도 세무서의 건물 벽밖에 보이지 않았다. 세무서와 아파트 사이에 2미터 정도의 간격밖에 없었던 것이다. 그 벽은 1년 내내 살풍경한 회색으로, 창문을 열 때마다 왠지 감옥에 들어와 있는 것 같은 느낌이 들었다. 그에 비하면 이 집은 훨씬 살기가 좋았다.

페이드아웃으로 〈마음의 여행〉이 끝나고, 곡이 바뀌었다. 다음에 무슨 곡이 나올까 기대했더니, 〈고추잠자리의 노래〉다. 구미코는 흥이 탁 깨져버렸다.

이 디스크자키는 무슨 생각을 하고 있는 것인가. 아무리 두 곡 다 신곡이라고 해도 이렇게 연속으로 두 곡을 틀어주는 것은 너무하지 않나. 그렇게 생각하면서도 구미코는 라디오에 맞춰 노래를 따라 불렀다. 왠지 이 곡은 가사를 전부 외워버렸던 것이다.

'아! 그 할아버지다!'

잠시 후, 가쿠지사의 아담한 돌길을 걸어가는 백발 노인의 모습이 구미코의 시선에 들어왔다. 반사적으로 벽시계를 쳐다보니 정확히 10시였다.

정말로 하루도 어김없이 한결같다는 생각이 든다. 어디 사는 누군지는 모르지만 저 노인은 하루도 거르지 않고 이 절에 참배를 하러 온다. 게다가 하루에 두 번, 아침 10시와 저녁 5시에 반드시. 대단히 신심이 두터운 모양이다.

이 마을이라면 그런 사람이 적지 않을지도 모른다. 이 주변은 전쟁 때도 큰 피해를 입지 않았던 모양으로(바로 이웃 마을은 도쿄 대공습 때 괴멸되었다고 하지만), 지금도 전쟁 전의 건물이 여기저기 남아 있다. 당연히 오래 살고 있는 사람도 많아서 평균 연령은 상당히 높을 것이다. 신심이 깊은 사람들이 많다고 해도 전혀 이상한 일은 아니다.

구미코는 커튼 뒤로 살짝 몸을 숨기고, 그 노인의 모습을 눈으로 쫓았다.

벚꽃 사이로 보였다 안 보였다 하면서 노인은 천천히 걷고 있었다. 그 얼굴은 평소와 다름없이 어딘가 불쾌해 보였다. 마치 이를 악물고 있는 것처럼 입은 굳게 다물고 있고, 흰 눈썹은 화가 난 것처럼 위를 향하고 있었다. 분명히 까다로운 사람일 것이다.

'오늘도 또…… 하는 걸까?'

조금은 장난기가 섞인 기분으로, 구미코는 노인이 참배하는 모습을 지켜봤다.

사실, 저 노인에게는 좀 이상한 버릇이 있었다. 무슨 이유인지는 잘 모르겠지만 참배 후에는 반드시 경내의 석등 옆에서 몸을 구부려 웅크리고, 구멍을 들여다보는 것이다. 아침에도 저녁에도 같은 행동을 하는데, 저녁에는 왠지 더 오래 차분히 들여다보는 것 같았다.

석등은 1미터 50센티미터 정도의 높이로, 구멍(아마도 초 같은 것을 세워 놓는 곳일 게다)은 대략 위에서 30센티미터 정도의 위치에 있었다. 아무리 노인이라고 해도 들여다보기 위해서는 허리를 상당히 구부려야만 했다.

이런 식으로 생각하는 것은 실례이겠지만 그 모습은 역시 기묘했다. 왠지 수상한 의식이라도 치르는 것처럼 보이는 것이다.

그런 생각을 하던 찰나, 노인은 역시 석등 앞으로 허리를 숙이고 그 구멍 부분을 들여다보기 시작했다. 일부러 주머니에서 안경까지 꺼내 쓰는 것으로 봐서 무언가를 '보고' 있는 것임이 틀림없었다.

이윽고 노인은 천천히 일어서더니 실망스럽다는 표정을 지으며 그 석등의 지붕 부분을 쓰다듬었다. 그리고 조용히 등을 돌려 올 때보다 얼마간 더 빠른 걸음으로 좁은 참배 길을 따라 멀어져갔다.

'정말 뭘 하는 것일까?'

2층 창에서 몸을 약간 앞으로 내밀며, 구미코는 사라져가는 노인의 뒷모습을 바라보았다. 그렇게 생각해서 그런지, 그 뒷모습이 어딘가 쓸쓸해 보였다.

그때, 방 안에서 뭔가 떨어지는 소리가 들렸다.

구미코는 뒤돌아서 다다미 여섯 장 크기의 방 안을 둘러보았다. 하지만 방금 청소한 다다미 위에는 아무것도 떨어진 것이 없었다. 어쩌면 테이블(사실은 고다츠이지만) 위에 올려둔 책 표지가 바람에 펄럭거린 것일까.

신경이 쓰인 구미코는 작은방 쪽으로 가보았다. 거기에는 남편 에이지가 학생 시절부터 애용하던 책상이 있다. 집으로 일거리를 가지고 올 때 사용하는 것이다.

'어머……, 저건!'

그 책상 다리 밑에 한 장의, 표면에 트레이싱 페이퍼를 붙인 사각형 종이가 떨어져 있었다. 빨간색 연필로 축소 배율이 쓰여 있었다.

무엇인지 알 것 같았다.

어제 에이지가 퇴근길에 인쇄소에 들러 가져온 사진이었다. 오늘 전부 다 회사에 가져갔어야 하는 것인데 어째서 한 장이 남아 있는 것일까.

'아이 참, 에이지 씨도 덜렁이라니까.'

에이지는 모 국립대학을 졸업한 수재지만 날카로워 보이는 외견과는 달리 어린아이처럼 덜렁거리는 면이 있다. 밥도 잘 흘리고, 양말을 뒤집어 신고도 눈치채지 못한다.

구미코는 허리를 숙여 그 사진을 집어 들었다. 트레이싱 페이퍼를 넘겨 보니 흐릿한 미소를 짓고 있는 젊은 여성의 사진이었다.

기모노를 입은 상반신 사진이었는데, 긴 머리를 정갈하게 올리고 있었다. 그 머리 스타일을 뭐라고 하는지 구미코로서는 알 수가 없지만 옛날 여학생들이 즐겨 애용하던 스타일일 것이다. 무늬 없는 커다란 리본이 귀여웠다.

"이걸 놔두고 가도 괜찮았나 몰라."

방 안에는 자신밖에 없었는데도 무심결에 혼잣말을 하고 있었다.

이 사진은 분명히 시인 미소노 사치오다. 에이지가 근무하는 작은 출판사에서 이번에 시집을 간행하는 모양인데, 이 사진은 분명히 책 첫머리에 들어가는 것이리라.

어제 에이지는 퇴근길에 인쇄소에 들러서, 제판을 끝낸 열장 정도의 사진을 받아왔다. 그것을 큰방 테이블 위에 펼쳐놓고, 이 요절한 시인의 재능을 입에 침이 마르도록 칭찬했던 것이다.

"그녀는 한마디로 천재야."

그저 불평불만자인지, 아니면 자신도 시인 지망생인 탓인지, 에이지가 다른 사람의 작품을 칭찬하는 일은 극히 드물다. 그가 흠을 잡지 않고 인정하는 사람은 하기와라 사쿠타로˙와 니시와키 준사부로˙˙ 정도뿐으로 그 외에는 어떤 고명한 시인일지라도 반드시 흠을 잡았다.

따라서 에이지가 그런 표현을 쓰는 것은 정말로 드문 일이었다.

- 1886~1942. 『달에 울부짖다』 『청묘』 두 시집으로 근대 일본인의 섬세한 심경을 구체적으로 묘사했다는 평가를 받는 시인.
- • 1894~1975. 일본의 초기 모더니즘 시인. 시선집으로 『나그네는 돌아오지 않는다』가 있다.

"난해한 말은 한 마디도 없으면서도, 그 풍부한 시흥은 뭐라고 해야 하나……. 과장이 아니라 정말로 언어가 반짝이는 것처럼 보여. 이거야말로 진정한 시고, 문학이라 할 수 있지."

그렇게 말하면서 어딘가 홀린 것 같은 눈초리로 시인의 사진을 들여다보는 남편에게, 구미코는 마냥 편안한 기분만은 아니었다. 이미 오래전에 죽은 인간을 질투한들 무슨 소용이 있겠는가마는 아무래도 무언가 걸리는 느낌이었다.

"구미코, 대단하다는 생각 안 들어? 이렇게 풍부한 재능을 가진 시인인데도 불구하고 아직도 반듯한 시집 한 권이 없다는 사실이 말이야. 그래서 미소노 사치오는 우리 회사에서 처음으로 세상에 소개하는 거나 마찬가지야. 그 회사에 들어가길 정말 잘했어."

에이지가 근무하는 출판사는 사원이 열 명도 채 되지 않는 영세한 출판사였다. 문예서 종류는 거의 하지 않고, 오히려 『즐거운 장기 입문』이나 『여차할 때 반드시 도움이 되는 알기 쉬운 민법 해설』과 같은 실용서적을 많이 발행하고 있는 회사였다.

그런 회사가 어째서 갑작스럽게 무명의 여성 시인의 시집을 내려고 생각한 것일까. 구미코로서는 이해가 안 되는 일이었다. 단지, 그 일에 참여하면서부터 에이지가 부쩍 생기가 도는 것은 사실이었다. 지금까지는 편집 일에 시큰둥한 것처럼 보였었는데.

'……아름다운 사람이구나.'

사진을 보면서, 구미코는 생각했다.

이것은 분명히 낡은 원본 사진을 사진기로 복사한 것임이 틀림없다. 그래서 이렇게도 입자가 거친 것이다.

그런데도 이 여성의 부드러워 보이는 눈길은 조금도 손상되지 않았다. 한 번 보면 잊기 어려운 인상적인 눈을 가지고 있었다.

뒤집어 보니 '미소노 사치오, 20세'라고, 에이지의 필체로 쓰여 있었다. 분명히 이 사진을 찍을 때의 그녀는, 자신의 인생이 슬프게 끝나리라고는 상상도 하지 않았을 것으로 구미코는 생각했다.

미소노 사치오는 서른 살의 젊은 나이에 자살한 것이다.

* * *

그날 웬일로 에이지는 일찍 집에 왔다.

잡지를 만들고 있는 회사에 비하면 빈도는 많지 않다고 해도 역시 출판사 일에 야근은 필수였다. 에이지가 9시 전에 들어오는 경우는 극히 드물었기 때문에 구미코는 늘 8시쯤 저녁을 준비하기 시작했다. 아이라도 생기면 바뀔지 모르겠지만 어쨌든 지금은 남편 중심의 생활이다.

그 대신 아침 출근이 늦어서 살 만했고, 가끔씩 이런 식으로 아무런 연락도 없이 일찍 귀가하기 때문에 곤란한 경우도 있었다.

"미안해요, 지금 빨리 저녁 준비할게."

7시 조금 지나 돌아온 에이지의 얼굴을 보고, 구미코는 당황하며 말했다.

"아아, 괜찮아, 괜찮아."

에이지는 넥타이를 풀면서, 어딘지 모르게 기분 좋은 모습이었다.

"오늘은 일찍 들어왔네. 무슨 일이라도 있었어?"

"아니, 별로……. 그냥 낮에 당신 목소리를 들으니까 왠지 빨리 집에 오고 싶어지데."

"어머, 뭔 소리야."

남편의 상의를 행거에 걸면서 구미코는 웃었다.

낮에 방 안에 떨어져 있던 사진 건으로 에이지의 회사에 전화를 걸었다. 오늘 중에 당장 필요한 건 아니라고 해서 안심은 했지만 그 전화 목소리를 듣고 에이지가 빨리 돌아오고 싶어졌다니, 뭔지 몰라도 나쁜 기분은 아니었다.

"그러니까 집에도 전화를 났으면 좋겠어. 이런 때 편리할 것 같아."

구미코의 집에는 아직 전화가 없었다. 이유를 들자면 사치품이라고 생각해서 구입을 뒤로 미룬 것이지만 역시 있으면 편리한 것도 사실이다. 오늘도 일부러 밖에까지 나가 공중전화로 걸었다. 아파트 1층에 살고 있는 주인집의 전화를 빌리는 것도 역시 귀찮은 일이었다.

"오늘처럼 일찍 돌아올 때는 전화 한 통만 해주면 저녁 준비가 다 돼 있었을 거 아냐."

"그렇긴 하지. 하지만 여름 보너스로 청소기 산다고 하지 않았나?"

어려운 문제라고 구미코는 생각했다. 사실 청소기도 갖고 싶었다.

"뭐, 그건 천천히 생각하지. 저녁은 그냥 밖에서 먹을까?"

"어머, 정말?"

다행히 저녁 반찬으로 준비해둔 것은 마른 찬거리가 많았기 때문에 내일 저녁에 해도 걱정 없었다. 지금부터 서둘러 준비하는 것보다 밖에서 끝내고 들어오는 쪽이 밤 시간을 유용하게 보낼 수 있을지도 모른다.

그리고 무엇보다 이 기회를 놓칠 수는 없는 일 아닌가. 남편이 하늘이라고 생각하는 에이지는 가사 노동은 전부 아내의 의무라며 웬만해서 외식 같은 것은 하려고 들지 않았으니까.

"하지만 월급 전이라 대단한 건 안 되고…… 라면 같은 건 어떨까?"

"그러고 보니 전에 주인아줌마한테 들은 적이 있는데 근처에 맛있는 라면집이 있다던데."

"OK, 그럼 거기로 가지."

간단히 나갈 준비를 마치고, 둘은 함께 밖으로 나왔다.

저녁을 먹은 곳은 〈희락정〉이라는 작은 라면가게였다. 무뚝뚝한 얼굴을 한 주인과 작은 몸집에 순수해 보이는 인상을 가진 아내 둘이서 가게를 꾸려가는 모양으로, 맛도 상당히 좋았다.

하지만 어딘지 모르게 기묘한 점이 있었다. 마침 저녁식사 때라 가게도 번잡했는데, 어쩐 일인지 부인이 2층으로 올라가더니 오랜 시간 내려오지 않는 것이다. 하지만 손님들은 뭔가를 알고 있는 듯, 자신들이 먹은 그릇을 손수 치우기도 하였다.

"웃기는데, 이 가게. 셀프 서비스인가 봐."

가게를 나와서, 불쾌하다는 투로 에이지가 말했다.

다른 손님들과 마찬가지로 자신들도 다 먹은 그릇을 카운터로 가져갔다. 하지만 에이지는 그런 식의 가게를 별로 좋아하지 않는다. 돈을 받는 이상 서비스도 분명하게 해야 한다고 생각하는 것이다.

"어디 가서 그런 말 함부로 하지 마. 무슨 사정이 있는지도 모르잖아.”

“뭐, 그야 그렇지만.”

“다른 손님들이 아무 불평 없이 하는 걸 보면 그 가게는 그게 당연한 건가 봐.”

“부럽군. 그렇게 편하게 생각할 수 있다니.”

아니나 다를까 또 빈정거리는군, 하고 구미코는 생각했다. 에이지는 기본적으로는 선량한 사람이지만 이런 부분만큼은 고쳤으면 좋겠다고 생각했다.

“그런데 오늘 무슨 바람이 분 거야. 일찍 돌아오질 않나, 외식까지 시켜주고.”

둘은 뒷길을 통해, 그대로 상점가로 향했다. 8시가 조금 지나, 가게의 반 이상이 셔터 문을 내리고 있었다. 언제나 〈아카시아 비가 그칠 때〉라는 오래된 곡을 틀던 레코드가게가 문을 닫은 탓인지, 퍽 조용했다.

“별다른 이유는 없어. 가끔은 이런 것도 괜찮겠다는 생각이 들어서.”

“으음, 절대로 뭔가 있는 것 같은데.”

“의심도 많다.”

구미코의 추궁 아닌 추궁에 에이지는 머리를 긁으면서 대답했다.

“정말로 별건 아니지만…… 굳이 말한다면 오늘 미소노 사치오의 일대기를 만들었기 때문인가."

"그게 무슨 관계가 있는데?"

"어제는 자살했다는 말밖에 안 했지만, 그 이유가 말이야…… 한 마디로, 이해심이 전혀 없던 남편 탓이었어."

아케이드 밑을 천천히 걸어가면서 에이지는 미소노 사치오의 인생을 간략하게 말해주었다.

미소노 사치오는, 메이지 모 년에 헌책방 집 딸로 태어났다. 가업의 영향인지 어린 시절부터 고문古文과 시작詩作을 사랑하는 여성으로, 학업 성적도 우수했다. 도쿄의 모 여학교와 고등사범학교를 거쳐 초등학교 선생님이 되는데, 이윽고 아버지의 권유로 은행가의 장남과 결혼한다.

그 남자도 젊은 시절부터 지극히 문학을 애호하는 청년으로 알려진 인물이었기 때문에 두 사람의 결혼 생활이 얼마나 격조 높을지 소문이 돌 정도였다. 하지만 그 소문이 현실로는 되지 않았다. 뜻밖에도 남편은 편협한 인간이었던 것이다.

시대의 풍조라고 한다면 할 말은 없지만 남편은 전형적인 남존여비 사상을 갖고 있던 사람으로, 평소에 '문학은 부녀자의 영역이 아니다'라고 말하고 다녔다. 스스로도 보들레르⁎를 연구했다고 하는데, 그 업적은 평범한 틀을 벗어나지 못했던

⁎ 1821~1867. 프랑스의 낭만주의 시인. 시집 『악의 꽃』으로 유명하다.

모양이다.

미소노 사치오는 결혼 생활을 하는 한편으로 문예잡지에 자작시를 투고하고 있었는데, 쇼와 10년(1935년) 초부터 몇 번의 입선을 거치면서 시단에 그 이름이 알려지기 시작하고 있었다. 당시의 중진들에게 격찬을 받았던 터라 시인으로서의 입지는 전도양양한 것이었다.

그런데 시집 발간 이야기가 돌자마자 그녀의 이름은 마치 지우개로 지워진 것처럼 잡지에서 사라지게 된다. 남편에 의해 작품 활동을 금지당한 것이다.

"혹시 그 남편, 부인의 재능을 질투한 게 아닐까?"

거기까지 듣고, 구미코는 생각했다.

별 볼 일 없는 문학자 남편에, 시인으로서의 앞길이 열리려고 하는 아내……. 그 둘을 이어서 생각하면 그런 도식이 성립할 것 같다.

"뭐, 한마디로 말해서 그랬겠지. 그 남편이란 자는 정말로 비열한 인간이었어. 여기저기서 아내의 시를 깎아내렸던 모양이야. 어린애의 낙서 같은 거라고 했다나, 뭐라나. 머리만 큰 인간이 그녀 시의 대단함을 알 길이 없었겠지."

"그래서, 사치오는 어떻게 했는데?"

"그야 뭐, 그녀도 옛날 여성이었으니까. 남편의 말대로 공개적으로 시를 쓰는 것을 포기해버렸어."

집안일에 소홀해진다는 이유로 시작을 금지당한 사치오는 그 이후 일체 시단에 이름을 올리는 일이 없었다. 그러나 아무리 속이 좁은 남편의 명령일지라도 그녀의 시혼을 말살할 수는 없었다. 그녀는 몰래 노트를 만들어, 남편의 눈길을 피해 시작을 계속하고 있었던 것이다. 어디에다 발표하겠다는 야심도 없이, 그저 순수한 기쁨을 위해서.

　"역시 시인이란 그런 거야. 시를 쓰는 일은 호흡을 하는 것과 마찬가지지. 그런 기분을 나도 조금은 알 것 같아."

　그렇게 말하는 에이지의 얼굴을 보면서, 구미코는 책상 서랍 안에 들어 있는 그의 시작 노트를 떠올렸다. 뭔지도 모를 한자의 나열, 그것이 호흡과 마찬가지라는 것은 아무래도 이해가 안 되었지만.

　"하지만 그런 생활을 강요당하면서 언제까지나 정신이 온전할 수는 없었던 거야. 그래서 끝내 사치오는."

　정신의 병을 못 이기고, 자살해버렸다는 것은 구미코도 알고 있었다.

　"그 남편이라는 사람…… 형편없는 사람이네!"

　"정말 그래."

　구미코는 옛 여성의 한결같은 마음이 너무나도 애달파졌다. 미쳐버릴 만큼 사랑하는 것이 있으면서도 좋은 아내, 좋은 어머니로 살라는 요구에도 부응하려고 했다. 자신이라면 도저히 흉내도 낼 수 없는 일이다.

"그런데 말이야, 전쟁이 끝난 후 구원의 빛이 조금은 비치게 되지."

"무슨 소린데?"

"그 남편이 말이야, 자신의 잘못을 깨달은 거야. 사치오가 죽은 후 남겨진 노트를 발견하고, 아내의 재능을 인정하게 된 거지."

"죽고 나서 인정한들 무슨 소용이 있어."

"뭐, 그야 그렇지만. 그는 노트를 근거로, 죽은 아내의 시집을 자비 출판했어. 그 책은 현존하는 사치오의 유일한 작품집이지. 이번에 우리가 내는 책도 그 책을 근거로 하고 있는데 말이야, 말하자면 그 남편도 아주 조금은 그녀의 힘이 되었다는 소리지."

"그럴까. 왠지 뭔가가 명쾌하지는 않네."

그 정도로 그 남편이 죄값을 치렀다는 생각을 한다면 재미없는 이야기다.

"남편도, 이미 죽었지?"

"글쎄, 아마 죽지 않았을까."

"몰라?"

"남편은 자신이 자비로 출판한 시집을 사치오의 친정에 가져다준 뒤에 행방불명이 됐어. 일도 그만두고, 성인이 된 자식들한테도 아무 말도 남기지 않고, 그 뒤로 그의 모습을 본 사람은 아무도 없다는군."

아마 그도 자살한 것이 아닐까, 하고 구미코는 생각했다.

그 역시 아내의 죽음에 엄청난 책임을 느꼈을 것임이 틀림 없다. 자신이 부숴버린 재능의 크기를 통렬하게 느꼈던 게 아닐까.

"너무 슬픈 이야기네."

구미코는 작은 한숨을 내쉬었다.

"그렇지? 오늘 하루 종일, 그런 생각을 하다 보니까 왠지 나도 슬퍼져서 말이야. 내 부인의 마음이라도 사두자는 기분이 들더라고."

"그랬구나."

그렇게 말하면서 구미코는 남편의 팔에 팔짱을 끼었다.

마침 그때, 오른편에 있는 작은 가게에서 백발의 노인이 나왔다. 그 얼굴을 본 적이 있었다. 아침저녁으로 가쿠지사 참배를 빼먹지 않던 그 노인이었다.

'저 사람, 헌책방 주인이었구나.'

노인은 가게 앞에 늘어놓은 세일 책들을 무거운 듯, 가게 안으로 옮기는 중이었다. 오늘은 이만 가게 문을 닫는 모양이었다.

가까이서 보니 더한층 늙어 보였다.

＊ ＊ ＊

　그 기묘한 여자아이를, 구미코가 아파트 2층 창을 통해 발견한 것은 그로부터 3일 후의 일이다.

　그 헌책방 노인이 평소처럼 가쿠지사를 찾아와 일과가 된 참배와 석등을 들여다보는 기묘한 행동을 하고 돌아간 직후, 그 여자아이는 갑자기 경내에 나타났다.

　'어머, 저 아이…… 언제부터?'

　역시 그날도 구미코는 창가에 서서 노인의 참배 모습을 보고 있었다. 그러다가 몇 초 후에 무심코 눈길을 돌리니, 그 작은 여자아이가 경내의 참배 길에 있었던 것이다.

　여자아이는 네 살 정도로, 흰색 트레이너에 빨간색 니트 바지를 입고 있었다. 4월로 치자면 결코 기묘한 차림새는 아니지만 오늘의 따뜻한 햇살을 생각하면 약간 덥지 않을까 생각이 들었다.

　'귀엽다.'

　가쿠지사의 경내에는 한창때를 지난 벚꽃잎이 눈처럼 날리고 있었다.

　그 작은 꽃잎이 땅으로 떨어지기 전에 잡으려고, 여자아이는 끊임없이 두 손을 찰싹거리고 있었다. 그 얼굴에는 재미있어서 견딜 수가 없는 듯 웃음이 넘쳐흘렀고, 찰랑찰랑한 단발

머리가 봄 햇살에 반짝반짝 빛나고 있었다.

구미코는 창밖에 달려 있는 철제 울타리를 잡고, 잠시 동안 여자아이가 노는 모습을 바라보았다.

'우리도 빨리 저런 귀여운 아이가 생겨야 할 텐데.'

원래부터 구미코는 어린아이들을 정말 좋아했다. 결혼한 이상, 빨리 엄마가 되고 싶다고 생각하고 있었지만 아무런 소식도 없이 2년이 흘렀다. 서두른다고 해도 소용이 없는 일이었지만 저렇게 귀여운 아이를 보면 정말로 내일이라도 아이가 생겼으면 좋겠다는 생각이 들었다.

'저 아이, 혼자 왔나?'

잠시 여자아이를 바라보고 있는 동안, 근처에 아무도 없다는 것을 눈치 챘다. 혹시나 해서 창문 밖으로 몸을 내밀어 경내를 살펴봐도 역시 부모 같은 사람은 보이지 않았다. 벚꽃 사이에 섞여 안 보이나 생각했지만 그렇지도 않은 것 같았다.

너무나 위험한 일이라는 생각이 들었다.

이 마을에서는 저렇게 작은 아이를 혼자서 놀러 내보내는 것이 일상적인 일일까. 생각의 차이야 있겠지만 내가 저 아이의 부모라면 반드시 근처에서 지키고 서 있었을 것이다. 유괴, 교통사고, 변태, 세상에는 그런 위험한 요소들이 넘치지 않는가.

변함없이 여자아이는 내리는 꽃잎 속을 뛰어다니고 있었

다. 그 순진무구한 얼굴을 보고 있자니 왠지 그냥 두어서는 안 될 것 같은 마음이 들었다.

"할 수 없지."

그렇게 혼자서 중얼거리며, 구미코는 샌들을 걸치고 아파트 철제 계단을 내려갔다. 그대로 가쿠지사 경내로 들어가니, 여자아이는 아직도 꽃잎과 놀고 있었다. 역시 보호자의 모습은 어디에도 보이지 않았다.

"꼬마야!"

말을 걸자 여자아이는 놀란 듯 멈춰 서서 붙임성 있는 미소를 지었다.

"꼬마, 혼자? 집은 가깝니?"

여자아이의 바로 앞까지 다가가서 몸을 구부려 아이의 눈높이에 맞췄다. 가까이에서 보니 여자아이의 피부는 눈처럼 흰 것이, 더 귀여웠다.

"응, 혼자. 집은, 아주 멀어. 그래도 전엔, 가까운 데 살았어."

여자아이는 한 마디 한 마디에 힘을 주어서 또박또박 대답했다.

"이름은?"

"무라노 마치코."

"마치코짱이구나. 좋은 이름이네."

그렇게 말하자 여자아이는 실눈을 뜨며, 수줍은 듯 이마를 긁었다. 그것을 보면서 얼마나 작고 귀여운 손인가, 하고 구미코는 생각했다.

"엄마는, 어디?"

"멀리. 마치코, 혼자 왔어."

"혼자? 어디서?"

"아주 멀리서…… 심부름 왔어."

이렇게 작은 아이를 혼자, 멀리서 심부름을 보내다니. 구미코는 심각하게, 이 아이의 부모한테 한마디 해주고 싶은 마음이 들었다.

"심부름, 잘할 수 있겠어? 아줌마가 같이 따라가 줄까?"

"으응, 괜찮아. 마치코, 이제 다 컸어."

그렇게 말하면서 여자아이는 웬일인지 콩콩 뛰기 시작했다. 어린아이들은 어째서 이렇게 쓸데없이 몸을 움직이는 것을 좋아할까.

"심부름은 어디로 가는 거야?"

"상점가, 헌책방."

헌책방 노인은 바로 조금 전 여길 떠났다. 하지만 이런 어린아이가 그에게 무슨 볼일이 있다는 것일까.

"아카시아 상점가, 오랜만이야. 쇼지 오빠, 다마에 언니, 있을까."

그렇게 말하면서 여자아이는 근처의 벚나무를 올려다보았다. 가느다란 목덜미에 밝은 햇살이 비쳤다.

"마치코짱, 그건……."

여자아이는 멍한 얼굴로 구미코를 보고 있었다.

"그 목에 있는 멍 같은 건…… 뭐야?"

자세히 보니 여자아이의 하얀 목덜미에는 검붉은 멍 같은 것이 있었다. 마치 넥타이처럼 목을 한 바퀴 두르고 있었다.

'어머, 불길하게.'

어쩌면 무슨 피부병의 일종인지도 모르지만, 그 멍은 마치 누군가에게 목을 졸린 것 같은 흔적으로 보였다. 손이나 굵은 밧줄이 아니라, 예를 들면 벨트 같은 것으로.

구미코가 그 흔적에 손을 대려고 하자 여자아이는 재빨리 몸을 오그리고, 목과 어깨를 움츠렸다.

"이제 심부름 가야지. 난 너무 오래 여기에 못 있어."

그렇게 말하고 마치코라는 여자아이는 휙 구미코에게서 등을 돌리더니 기운차게 달리기 시작했다.

"기다려, 마치코짱!"

그 작은 어깨에 손을 얹었다고 생각한 순간, 마치 기다렸다는 듯이 강한 바람이 불어왔다. 경내에 갈색의 먼지바람이 일어 구미코는 순간 눈을 감았다.

고작 몇 초의 시간이 지났을까, 눈을 뜨니 여자아이의 모습은 온데간데없이 그녀의 어깨를 잡았다고 생각하던 손에는 웬일인지 한 장의 마른 벚나무 잎이 들려 있었다.

* * *

스스로도 대단하다는 생각을 하면서, 가와카미는 상점가를 걸었다. 자신은 언제까지 이런 수고를 거듭해야 하는 것일까. 비현실적인 소문만 믿고 매일같이 그 절을 다니다니.

석양이 질 무렵 그 경내의 석등 불을 켜는 구멍으로 죽은 사람의 모습이 보인다. 그런 소문을 듣고 난 이후 매일 이렇게 다니고 있었다.

하지만 불을 켜는 곳 너머로, 이 세상의 것이 아닌 것을 본 적은 단 한 번도 없었다. 마음만 급해서 어쩌면 아침이 더 좋을지 모르겠다는 어리석은 생각까지 들어 결국 아침과 저녁 두 차례씩 가쿠지사를 들렀다. 어차피 급한 일 같은 것은 없었기 때문에, 가는 일에 불만이 있는 것은 아니었지만.

가와카미는 가게 앞에 서서 나사식 자물쇠를 열었다. 유리문을 열고, 색 바랜 커튼을 밀어젖혔다. 오늘도 하루, 이 신통찮은 가게를 열어볼까.

가게 통로에 둔, 세일 품목을 올려놓은 받침대를 용을 쓰며 끌어냈다. 옛날에는 편하게 했던 일인데, 지금은 이 정도의 일도 힘에 부치게 되었다. 자신도 나이가 들었다는 소리일 것이다.

상점가의 하늘은 아케이드에 가려져 있어서, 커튼을 열어젖혀도 충분한 빛이 들어오지 않았다. 카운터에 가까운, 벽에 붙어 있는 스위치를 누르자 처음으로 가게 안이 밝아졌다.

책, 책, 책……, 모든 벽들은 책들로 싸여 있다. 당연한 일이다. 여기는 헌책방이니까.

가와카미는 늘 앉던 자리에 앉아서 재떨이를 끌어당겼다. 세븐스타를 한 대 물고 깊이 들이마신 뒤, 몇 초 참았다가 기운차게 내뱉었다. 누군가가 곁에 있었다면 비탄의 한숨을 내쉬는 것이라고 생각했을지도 모른다.

이 가게도 상당히 오래됐다. 얼마 동안 꾸려왔는지 바로 생각이 안 날 정도다.

그사이에 세상은 빙글빙글 돌면서 변화하고 있었지만 자신에게는 아무런 영향도 미치지 않았다. 아니, 자기 자신이 변화를 거부했는지도 모른다.

아내가 죽은 뒤, 즉 불쌍하게 죽어버리게 했기 때문에, 자신에게 변화 같은 건 필요하지 않았다. 아무것도 바뀌지 않는 것이 좋았던 것이다. 이 음침한 가게 구석에서 담배를 피우면서, 낡은 종이와 잉크 냄새에 싸여 있는 것만으로도 자신에게는 분에 넘치는 행복이니까.

아내가 지금 자신의 모습을 본다면 대체 뭐라고 말할까. 빼앗는 것밖에 몰랐던 남편의 말로를 비웃을까? 그래도 좋다. 아내에게는 비웃을 권리가 있다.

가와카미가 이 마을에 온 것은 가쿠지사라는 절 어딘가가 사자死者의 나라와 통하고 있다는, 오래도록 전해져 내려오는 전설과 같은 소문을 들었기 때문이다. 근처에 살고 있다 보면 언젠가는 아내와 어떤 방식으로든 접촉을 가질 수 있지 않을까, 하는 어린아이 같은 희망을 갖고 오게 된 것이었다. 어차피 자식들하고도 연락이 두절된 마당에, 이 노구를 어디에 둔들 무슨 상관이 있겠는가.

사실 이 마을에는, 사람의 힘이 미치지 못하는 현상이 자주 일어나는 모양이다.

그 모든 것이 저 보잘것없는 절의 힘이라고는 생각하지 않았지만 미심쩍은 이야기들을 여러 사람을 통해 듣고 있었다. 이름 없는 고양이조차도 자그마한 기적을 일으켰다고 한다.

그러니까 나도…… 라고 생각했다 해서, 그렇게 도에 넘치는 소원은 아닐 것이다.

설령 한을 풀기 위해 온다고 해도 좋으니까, 아내가 자기 앞에 나타나주기만을 바라며, 오래도록 이 장소에서 살고 있었던 것이다.

하지만 기적은 그것을 원하는 자에게는 일어나지 않는 모양이다. 세상이란 것은, 비록 저세상이라고 할지라도, 그렇게 호락호락하지는 않은 모양이다.

그렇게 생각하면서 담배를 비벼 끄고 있을 때, 입구 유리문이 기세 좋게 열렸다. 어이! 그런 식으로 열면 부서지겠다.

"안녕하세요!"

그렇게 말하면서 가게에 들어온 것은 아직 네 살이나 다섯 살 정도밖에 안 되어 보이는 여자아이였다. 안됐지만 이 가게에는 그림책은 없다. 아동 도서나 만화책은 약간 있지만.

"가와카미 데츠하루 씨예요?"

여자아이는 입구에서 곧장 달려오더니, 가와카미 앞에 딱 멈춰 서며 물었다.

"그래……. 어떻게 알고 있니?"

유명한 야구선수와 똑같은 그 이름을, 알고 있는 사람은 얼마 없었다. 여기서 헌책방 아저씨를 하고 있는 한 통성명할 일은 거의 없었던 것이다.

"오늘은 심부름으로 왔어요."

"심부름? 대단하구나."

문득 자신의 아이들이, 이 아이 정도의 나이였던 시절이 떠올랐다. 솔직히 말해서 그 무렵의 일들은 별로 기억에 없었다. 집안일은 모두 아내한테 맡기고 있었다.

"저기요, 아줌마, 화 안 났대요."

"응?"

도대체 무슨 말을 하는 것일까. 부모는 함께 오지 않은 것일까.

"아줌마는, 조금 사정이 있어서 만나러 못 와요. 하지만 할아버지가 매일매일 아줌마를 만나고 싶어하는 건 잘 알고 있대요."

도대체 무슨 소린지 분간을 할 수 없었다. 이 아이는 무슨 말을 하고 싶은 것일까.

"애야, 꼬마아가씨, 할아버지는 일이 바쁘단다. 놀고 싶으면 밖에서……."

몸을 끌어 밖으로 내보내려고 했을 때, 여자아이는 삐친 듯 볼을 부풀리며 말했다.

"가와카미 사치코 씨한테 부탁받은 거야. 할아버지, 그 사람 몰라?"

"뭐!"

말이 순간적으로 돌이 되어, 목구멍의 호흡을 막아버린 느낌이 들었다.

"지금, 뭐라고……."

"가와카미 사치코 씨요. 아줌마요."

가와카미 사치코, 일명 미소노 사치오. 틀림없이 자신의 아내 이름이다.

"꼬마아가씨, 그 아줌마를 만난 거니?"

"응. 아줌마, 아주 친절해요."

"그런 말도 안 되는……."

순간 목소리가 거칠어졌다. 여자아이가 움찔했다.

"아아, 미안. 큰 소리를 내서."

반사적으로 머리에 손을 올리려 하자, 여자아이는 어딘가 당황스럽게 뒷걸음질쳤다. 아무래도 가볍게 머리를 쓰다듬거나 해서는 안 되는 모양이다.

"아줌마랑 꼬마아가씨는 그렇게 자주 만나니?"

"응, 집이 가까워서. 만날 때마다 마치코, 아줌마 목걸이 보고 똑같다고 말해요."

"아줌마, 목걸이 하고 있니?"

"응, 이거하고 똑같은 거요."

그렇게 말하면서, 여자아이는 턱을 올려 가느다란 목을 보여주었다. 거기에는 분명하게, 가는 벨트와 같은 것으로 목을 졸린 듯한 흔적이, 아프게 남아 있었다.

그것을 본 순간 가와카미는 생각이 났다.

그래, 이 아이는 '가스미소'의 마담이 말했던 그 아이가 아닌가.

몇 년 전 일이던가, 좋아하는 남자를 잃고 쇼크로 정신이 돌아버려 결국에는 어린 자식과 함께 목을 맨 여자가 있었다.

분명 가쿠지사 근처의 아파트에 살았다고 했다.

분명 그 여자아이의 이름이…….

"꼬마아가씨 이름은 뭐라고 하지?"

"무라노 마치코."

그래, 틀림없다. 성은 모르겠지만 이름은 분명히 마치코였다. 사건 이후, 여기를 찾아온 '가스미소' 마담이 몇 번이나 그 이름을 입에 담았던 것을 확실하게 기억하고 있다.

"마치코짱…… 돌아온 거니?"

"심부름 왔어요."

그렇게 말하면서 여자아이는 빙긋 웃었다.

틀림없다.

지금 자신의 눈앞에 서 있는 여자아이는 아마 살아 있는 인간이 아닐 것이다. 어떤 신비가 작용한 건지 상상도 못하겠지만 이 아이는 사자의 나라에서 왔다.

가와카미는 머릿속이 확 뜨거워지는 것을 느꼈다.

목걸이…… 그런 것이라면 분명히 사치코도 이 아이와 같은 것을 하고 있을 것이다. 사치코는 미닫이 위쪽에 끼우는 가로대에 목을 매고, 쓸쓸하게 죽어갔으니까.

"꼬마아가씨, 아줌마는 잘 지내고 있니?"

"아줌마는 매일, 노래를 만들어요."

"그래……, 그렇구나."

그 말을 듣는 순간 왠지 공연히 가슴이 괴로워지더니, 그 괴로움이 콧등을 타고 눈에서 흘러내렸다. 사치코는 목숨을 잃은 지금도, 계속 시를 쓰고 있다. 그 말을 들은 것만으로도 왠지 구원을 받은 느낌이 들었다.

"그래서, 뭔가 할아버지한테 말한 게 있니?"

"저기요, 할아버지가 아줌마를 만나고 싶어하는 건 아줌마도 잘 알고 있대요. 아줌마도 만나고 싶지만 생명을 소중하게 생각하지 않았기 때문에 여기에 올 수 없대요. 그래서 할아버지가 매일매일 절에 가도 만날 수 없대요."

"그래, 그런 규칙이 있었구나."

"그래서 그쪽에서 만날 날을 기다리고 있대요. 하지만 가능한 한, 천천히 오시래요."

"하하하, 그건 너무 심하구나. 할아버지는 오래전부터 만나고 싶었는데."

가와카미가 웃자, 여자아이도 빙긋 웃으면서 말했다.

"선물, 많이 갖고 오라고 했어요."

"선물? 그래, 선물 말이지."

가와카미의 가슴속에 살아 있던 날의 아내의 얼굴이, 뚜렷이 떠올랐다.

                        *   *   *

"실례합니다."

유리문을 열자, 가게의 제일 구석진 자리에서 담배를 피우고 있던 노인이 무슨 일인가 하고 얼굴을 들었다. 구미코는 손을 뒤로 해서 문을 닫으며 가볍게 고개를 숙였다.

"어서 오세요."

아파트 2층에서 볼 때보다는 얼마간 온화한 표정인 노인은 대답했다. 그렇게 생각해서 그런지 눈이 빨갛게 충혈된 것처럼 보였는데, 기분 탓인지도 모르겠다.

"저어……."

말을 꺼내려고 하다가, 구미코는 순간 입을 다물었다. 카운터 위에 벚나무 마른 잎이 한 장 놓여 있었기 때문이다.

"혹시 여기에 네 살 정도 되는 여자아이가 오지 않았나요?"

"네에, 왔지요."

노인은 무언가 생각난 것처럼 피우고 있던 담배를 재떨이에 비벼 껐다. 어딘가 당황스러워 보이는 태도였다.

"그 아이, 어디 갔어요?"

"조금 전에 돌아갔는데요. 별로 시간이 없어 보이더군요."

역시, 그 마치코라는 아이가 여기를 들른 것은 틀림없는 모양이다. 그렇게 오래는 여기에 있을 수 없다고, 그 아이는 말했었다.

"전 가쿠지사 바로 옆 아파트에 살고 있는 스게노라고 합니다만, 실례를 무릅쓰고 물어보고 싶은 말이 있어서요."

"네에, 뭐든지."

노인은 카운터 위에서 손깍지를 끼며 대답했다. 그 마디가 튀어나온 손가락을 바라보면서 대체 어떻게 물어보는 것이 좋을까, 구미코는 상당히 오래 생각했다.

그 아이는 혹시, 살아 있는 사람이 아니었지요. 이렇게 서슴없이 물어보면 제일 빠르겠지만 도저히 입 밖으로 나오지 않았다. 자칫 잘못하면 이상한 사람으로 여겨질 수도 있었다.

꺼낼 말을 찾으면서 카운터 주변을 둘러보다 바로 옆 책장에, 겉표지를 본 적이 있는 책이 여러 권 나란히 꽂혀 있는 것을 보았다. 에이지가 몇 번인가 집으로 가져왔던, 미소노 사치오의 자비 출판 시집이었다. 엄청날 정도의 희귀본이라고 자신에게는 건드리지도 못하게 하였던 책이다.

그 시집이 너무나 자연스러운 느낌으로 세 권이나 꽂혀 있었다. 아무래도 이 책장은 특별해 보이는 책들만 꽂혀 있는 걸로 봐서, 이 노인도 그 책의 가치를 잘 알고 있는 모양이다.

"스게노 씨는 이 동네엔 언제 오셨나요?"

너무 긴 시간 침묵을 지켰던 탓인지 노인이 먼저 말을 걸어왔다. 구미코는 정신이 번쩍 들어, 서둘러 대답했다.

"아직 겨우 한 달도 안 됐어요."

"그래요, 살아보니 어떤가요? 동네 규모도 작고 아무것도 없습니다만 의외로 살기 편한 곳이지 않나요?"

"네에, 그야 뭐."

사실 그것은 구미코도 느끼고 있는 바였다.

신흥 주택지에 비해서는 마을의 모양새도 낡았고, 커다란 슈퍼마켓도 없었다. 상점가는 밖에서 보기에는 즐거워 보이지만 일단 쇼핑을 하다 보면 생선도 야채도 각각 다른 가게에서 사야 했기 때문에 바쁠 때는 귀찮게 느껴졌다.

하지만 그런 것들에도 불구하고 이 마을은 이상하게 살기에 편했다. 아니, 살기 편하다기보다는 살면서 마음이 안정되는 느낌이었다. 왠지 하루의 흐름이 낙낙하면서도, 그만큼 정중하게 살아가는 것 같은 기분이 들게 했다.

"때로는 말이죠, 약간 기묘한 일도 일어나긴 합니다만……그것도 뭐, 좋습니다."

노인은 카운터 위에 놓여 있던 마른 잎을 집어 들더니, 축 부분을 잡고 빙글빙글 돌리면서 말했다.

"저, 겨우 수십 분 전에 절에서 그 아이를 만났는데요, 그 아이는, 대체 누군가요?"

구미코는 과감히 물어보았다. 노인의 말투로 보아 그 여자아이가 평범한 아이가 아니라는 것을 충분히 알고 있는 것 같

274

았기 때문이다.

"얼마 전까지, 이 마을에 살았던 아이였지요. 뭐, 만난 것은 저도 오늘이 처음입니다만."

"역시…… 그…… 유령인가, 뭐 그런 건가요?"

"글쎄요, 뭐라고 할까요."

노인은 뭔가 즐거운 비밀놀이라도 하는 것처럼 웃으면서 고개를 갸우뚱했다.

"생각하기 나름입니다만 저한테 있어서는 천사입니다."

공포도 경악도 섞이지 않은, 시원스러운 말투였다.

"아내를 다시 만날 때까지, 많은 사람들과 만나 이야기를 나누면서, 선물을 많이 준비해두라고 하더군요. 상당히 모았다고 생각합니다만, 어쨌든 많을수록 좋은 모양입디다."

어디까지 진지하게 생각하고 말하는지 모르겠지만 노인은 아주 행복한 사람처럼 보였다. 기묘한 말들을 하면서도 너무나 태연한 얼굴을 하고 있다고, 구미코는 생각했다.

"그런데 예정일은 언제입니까?"

이윽고 노인은 빙긋 웃으면서 말했다. 마치 놀림을 당하는 기분이 들어 구미코는 조금 강한 어조로 되물었다.

"무슨 예정 말인가요?"

"야아, 아직 모르셨어요? 그 아이가 말해주더군요. 여기 오기 전에, 절에서 젊은 여자를 만났는데 그 사람 뱃속에 아기가 들어 있다고요.”

“네?”

구미코는 순간, 배를 잡았다.

“분명히, 그 아이는, 그런 걸 전부 아는 모양입니다.”

‘아기, 내 몸속에 아기가?’

배를 어루만지는 손바닥이 따뜻해지는 느낌이 들었다.

“재미있네요. 이 세상일이란 것이. 매일매일 누군가가 떠나고, 또 매일매일 누군가가 찾아오는군요. 시대도 바뀌고, 유행하는 노래도 바뀌고. 하지만 사람이 느끼는 행복은 예나 지금이나 다 비슷합니다.”

그렇게 말하고서 헌책방 주인은 아름다운 웃음을 지어 보였다.

이윽고 구미코는 헌책방을 나왔다.

뭔가, 잠시 한순간 이상한 꿈을 꾼 것 같은 기분이었다.

아직 현실로 돌아오지 않은 듯한 기분으로, 상점가의 가게를 한 집 한 집 들러보았다. 야채가게의 점두에 진열돼 있는 야채의 색은 진하고 아름다웠고, 생선가게 냉장고 안의 가다랑어 비늘은 보석처럼 빛나고 있었다.

눈에 익었던 세계가, 뭔가 다른 것으로 바뀌어버린 것 같은 기분이 들었다.

정말로 자신의 뱃속에, 새로운 생명이 싹트고 있는 것일까? 아직 구체적인 징조는 아무것도 없었지만.

'분명히 있을 거야!'

내일 병원에 가보려고 생각했지만 그 여자아이가 말한 것이라면 틀림없다는 느낌이 들었다.

갑자기 작은 아이들이 저쪽에서 달려왔다. 아직 초등학교에 들어가기 전의 작은 아이들이었다. 재빨리 배를 팔로 감싸자, 그 모습이 눈에 띄었는지 우연히 스쳐 지나던 중년의 부인이 소리쳤다.

"얘들아, 그렇게 동동거리고 뛰면 안 돼! 다른 사람한테 부딪히면 어떡하려고 그러니!"

그 말에 아이들이 발을 멈추고, 느린 속도로 걸어가기 시작했다.

"아기, 조심하세요."

그렇게 말하면서, 그 부인은 미소를 지었다.

"……감사합니다."

왠지 낯간지러운 기분이 들어 구미코는 머리를 숙였다. 겨우 그만한 일인데도, 이 마을로 이사 와서 다행이라고 생각했다.

문득 어딘가에서 튤립의 〈마음의 여행〉이란 멜로디가 들려왔다. 분명 늘 음울한 곡을 틀어주던 레코드가게가 약간 취향을 바꿔 새로운 곡을 올린 것이리라.

구미코는 조금 큰 소리로 함께 따라 부르며, 상점가 안을
걸어갔다.

아케이드의 막다른 길 저쪽에는 눈부신 봄 햇살이 가득 차
있었다.

사치코 서점 (원제:かたみ歌)

1판 1쇄 2014년 10월 15일

지 은 이 슈카와 미나토
옮 긴 이 박영난

발 행 인 주정관
발 행 처 북스토리(주)
주   소 경기도 부천시 원미구 상3동 529-2 한국만화영상진흥원 311호
대표전화 032-325-5281
팩시밀리 032-323-5283
출판등록 1999년 8월 18일 (제22-1610호)
홈페이지 www.ebookstory.co.kr
이 메 일 bookstory@naver.com

ISBN 979-11-5564-027-2 04830
      979-11-5564-020-3 (세트)

이 도서의 국립중앙도서관 출판시도서목록(CIP)은 서지정보유통지원시스템 홈페이지(http://seoji.nl.go.kr)와 국가자료공동목록시스템(http://www.nl.go.kr/kolisnet)에서 이용하실 수 있습니다. (CIP제어번호 : CIP2014027796)